KB036408

혼자서 종이우산을 쓰고 가다

ひとりでカラカサさしてゆく
Hitori de Karakasa Sashiteyuku
Copyright ⓒ 2021 by Kaori Ekuni
First published in Japan in 2021 by Shinchosha Publishing Co, Ltd., Tokyo
Korean translation rights arranged with Kaori Ekuni
through Japan Foreign-Rights Centre/Shinwon Agency Co.

혼자서 종이우산을 쓰고 가다
펴 낸 날 | 2022년 9월 20일 초판 1쇄

지 은 이 | 에쿠니 가오리
옮 긴 이 | 신유희
펴 낸 이 | 이태권

책임편집 | 윤주영
북디자인 | 고현정
펴 낸 곳 | 소담출판사
          서울특별시 성북구 성북로5길 12 소담빌딩 301호 (우)02880
          전화 | 02-745-8566   팩스 | 02-747-3238
          등록번호 | 1979년 11월 14일 제2-42호
          e-mail | sodambooks@naver.com
          홈페이지 | www.dreamsodam.co.kr

ISBN   979-11-6027-299-4 03830

• 책값은 뒤표지에 있습니다.
• 잘못된 책은 구입하신 곳에서 교환해드립니다.

혼자서 종이우산을 쓰고 가다

에쿠니 가오리 지음

신유희 옮김

소담출판사

차례

혼자서 종이우산을 쓰고 가다

바 라운지에는 피아노가 있고 촉촉한 곡이 연주되고 있다. 부스석에 자리를 잡고 앉은 세 사람은 각자 마실 거리를 주문했다. 여위고 키가 크고 피부가 가무잡잡한 시노다 간지는 여든여섯 살, 대머리에 몸집이 작은 시게모리 츠토무가 여든 살이고, 축 늘어진 뺨이 불도그를 연상시키는 데다 숏 보브 스타일의 백발이 남의 이목을 끄는 미야시타 치사코는 여든두 살이었다. 세 사람이 한자리에 모이는 건 두 달 만으로, 그전에도 그다지 띄엄띄엄 만나지는 않았기에 예전과 같다고 세 사람 다 느끼고 있었다. 어쩐지 간단히 옛날로 돌아와 버린 것 같다고. 실제로는 아무도 어디로도 돌아갈 수 없다는 것을 알고 있었지만.

"그 시절엔 이런 날이 오리라곤 생각 못했는데."

치사코가 그렇게 말하고 건배하듯 맥주잔을 살짝 들어 보인다.

"하긴, 그렇게 따지자면, 간지 씨가 시골살이를 하게 될 줄은 상상도 못했고, 벤짱 머리가 그렇게 확 날아가 버릴 줄 생각이나 했겠냐만."

"거울을 좀 봐요, 남 말할 처지가 아니라는 걸 알게 될 테니."

츠토무가 받아치는 그 옆에서 간지는 생각한다. 그 시절이란 대체 언제를 말하는 걸까. 처음 만났을 무렵일까(그때라면 간지는 스물여섯 살이었다), 그 10년 후일까, 아니면 20년 후? 언제든 말이 된다. 세 사람은 쭉 사이좋은 친구지간이었으니까.

"어떤 상황에서도 술은 맛있네."

물에 희석한 위스키를 홀짝홀짝 마시며 츠토무가 히죽 웃어 보인다.

"술만큼은 나를 배신한 적이 없어요."

나는—, 하고 입 밖에 내진 않고 치사코는 생각했다. 나는 개에게만은 배신당한 적이 없다고.

오늘 세 사람이 모인 곳은 도쿄역에서 가까운 호텔의 로비이다. 주로 신칸센 편으로 오는 시노다 간지의 편의를 고려해서 정한 장소였지만, 간다 출신인 미야시타 치사코에게는 옛날부터 익숙한 지역(너무 변해서 올 때마다 당황스럽긴 해도)이고, 한때나마 긴자에서 일하며 주변을 놀이터 삼았던 시게모리 츠토무에게도 나름 그리운 장소라고 할 수 있었다.

맨 먼저 도착한 사람은 간지였다. 체크인을 마치고 일단 객실로 올라갔는데 세면실을 사용하고 나니 달리 할 일도 없어서 약속 시간보다 조금 일렀지만 로비로 내려왔다. 그러자 거기에 츠토무가 와 있었다. 세밑이어서 거리며 로비며 사람들로 북적였지만 두 사람은 서로를 금방 알아보았다. 두 사람에게는 그게 뭔가 결정적인 일인 양 느껴졌다. 상대를 찾다가 눈에 들어온 것이 아니라 찾기 전부터 자연스레 눈에 들어왔다. 마치 자신들과 그 이외의 인간들이 이미 확실하게 갈라져 있는 듯한 느낌이었다.

약속한 다섯 시보다 15분 늦게 도착한 미야시타 치사코도 오랜 두 친구를 금세 알아보았다. 커다란 꽃이 장식된 받침대 앞에 무료한 듯이 나란히 선 두 남자가 눈에 들어왔을 때 '말쑥하다'라는 생각에 치사코는 기뻤다. 치사코가 생각하기에 중요한 것은 그거였다. 말쑥한 것. 게다가 두 남자의 얼굴에는 역사가 새겨지고 품위와 지성과 좋은 성품이 배어 나왔다. 적어도 치사코에게는 그리 보였고 빨려 가는 듯이 달려갔다.

뛰지 않아도 돼, 뛰지 않아도, 라는 것이 츠토무의 머릿속에 떠오른 생각이었고, 짐이 있나? 라는 것이 간지의 머릿속에 떠오른 생각이었다. 치사코가 핸드백이라 하기엔 너무 큰 가방을 들고 있었기 때문이다. 하지만 이내 다시 생각했다. 짐이 있어서 나쁠 이유도 없다고.

"늦어서 미안해요. 어디 좀 잠깐 들렀다 오느라."

치사코는 그렇게 말하고,

"따뜻하네, 안은."

하면서 그 자리에서 바로 코트를 벗었다. 빨간 스웨터에 검정 스커트. 간지도 츠토무도 그 눈에 띄는 복장을 보며 치사코다운 선택이라고 생각했지만 둘 다 입 밖에 내진 않았다. 치사코 또한 두 남자의 복장을 재빨리 훑어보았다. 오늘이라는 날을 위한 옷 —. 츠토무는 양복에 중절모, 간지는 스웨터에 코듀로이 바지. 어느 쪽이나 치사코가 익히 잘 아는 그들의 복장이었다.

세 사람은 1950년대 말에 처음 만났다. 미술 관련 서적을 다루는 작은 출판사에 먼저 간지가, 몇 년 늦게 치사코와 츠토무가 입사했던 것. 출판업계 전체가 잘나가던 시절이어서 날마다 눈코 뜰 새 없이 바빴지만 즐겁기도 했다. 세 사람(뿐만 아니라 다른 동료도 있었지만 여러 해가 지나는 동안 한 사람씩 빠져나갔다)은 죽이 잘 맞아서 공부 모임이라 칭하며 연극이니 영화니 콘서트를 보러

다니기도 하고, 술잔을 기울이며 뜨겁게 예술론을 벌이기도 했다. 세 사람 사이는 츠토무가 이직해도 간지가 이직해도 변함이 없었다. 마침내 회사가 망한 후에도 공부 모임 (이라는 이름의 모임)은 남았다. 각자의 인생이 있다 보니 만나는 빈도가 떨어지는 시기도 있었지만 끊긴 적은 없고, 10년 전에 느닷없이 간지가 아키타현으로 이주한 후에도 이제는 공부 모임이 아니라 생존 확인 모임이라고 일컬으며 연락을 이어 왔다.

간접 조명뿐인 바 라운지는 무척 어두워서 가뜩이나 시력이 쇠약해진 간지는 메뉴판 글씨도 읽을 수 없었다.

"창밖은 밤인데 가게 안이 바깥보다 어두운 건 뭔 조화지?"

중얼거리자,

"바Bar니까."

하고 치사코가 바로 답했다.

"어두운 게 로맨틱하잖아."

라고. 간지는 푸드 메뉴를 덮는다. 어차피 배는 고프지 않았다.

"바깥 조명이 너무 밝나?"

스스로 묻고 대답하는 모양새로 다시 중얼거리자,

"예쁘잖아, 반짝반짝하는 게."

하면서 치사코가 싱긋 미소 짓는다. 조명에도 실내의 어둠에도 관심이 없는 츠토무는 '이런 곳에 예전엔 자주 왔었지.' 하고 개인적인 기억을 더듬었다.

"나, 이 곡 되게 좋아하는데."

치사코가 말하고, 피아니스트가 연주하는 Night And Day에 맞춰 조그맣게 가사를 흥얼거린다.

"치사코, 목소리는 변함없네, 옛날부터."

간지가 말했다. 나이 들면서 외모가 변해도 목소리가 변하지 않는 건 재미있는 일이라고 생각했지만 치사코는 거기에는 답하지 않고,

"신기하지 뭐야, 미국 같은 데 한 번도 가 본 적 없는데 이런 곡을 들으면 옛날의 미국이 그리워져."

하고 거의 황홀한 표정으로 말한다.

"가 본 적이 없으니, 그리워한다는 게 이상하지만."

하고 어쩐지 부끄러운 듯이. 간지도 츠토무도 그건 딱히 이상하진 않다고 인정했다. 두 사람 다 치사코가 뭘 말하려는 건지 잘 알았다.

"이 곡, 옛날에 영화 속에서 프레드 아스테어가 노래했는데."

츠토무 말에 치사코도 간지도 동의했지만 무슨 영화였는지는 아무도 기억해 내지 못했다.

"아, 이것도 좋아."

Every Time We Say Goodbye였다. 세 사람 다 특별히 재즈에 밝은 건 아니었지만 스탠더드 곡이라면 대충 알고 있었고 좋아하기도 했다. 그래서 흥얼거린다든지 리듬에 맞춰 손가락으로 테이블을 두드리면서 콜 버터와 카운트 베이시, 시나트라, 빌 에반스, 토미 플라나건의 음악에 대해 이야기했다. 그건 좋다느니 좋지 않다느니, 누구누구 버전이 낫다느니, 옛날에 어디서 들었다느니. 그 무렵이 어떻고, 그러고 보니 어떻고 하면서 이야기가 종종 삼천포로 빠지기도 하고, 서로가 예전에 했던 말이며 일("그건 나 아니야.", "아냐, 간지 씨 맞아."), 세상을 떠난 친구들의 ― 그들을 알지 못하는 사람들에게는 도저히 상상도 가지 않을 ― 음울한 매력("그런 녀석은 이전에도 이후에도 없을 거야.", "아직 육십 대였지? 빨랐네. 너무 빨랐어.")도 화제에 오르면서 웃기도 하고 숙연해지기도 했다.

세 사람 모두 추억담이라면 얼마든지 풀어낼 수 있었다. 같은 시대를 살아온 것이다. 어느새 가족보다도 오랜 시간을 함께하고 있었다. 가족만큼 친밀한 관계였던 것은 아니라 해도 아주 오래전에는 반했느니 어쨌느니 콩깍지가 씌었던 적이 전혀 없었던 것도 아니다. 실제로 간지는 치사코가 자신에게 마음을 두었던 무렵의 일을 기억하고 있으며, 츠토무는 치사코와 잠자리를 같이했던 것을 기억한다. 물론 치사코는 그 전부를 기억했다.

"자, 뭐 좀 먹읍시다."

츠토무가 말하고, 한 손을 들어 웨이터를 불렀다.

"아, 싫다. 진짜 하나도 안 뵈네."

메뉴판을 펼친 치사코가 말한다.

"그렇지?"

간지가 웃으며 치사코의 무릎을 툭 쳤다. 밤은 아직 길고 집으로 돌아갈 필요도 없다. 방은 하나밖에 잡지 않았지만 오늘 밤 세 사람에게는 그걸로 충분했다.

*

아내가 검정 레이스 속옷(이란 요컨대 브래지어와 쇼츠)만 걸친 모습으로 커다란 코끼리를 타고 앉아 뒤에 많은 늑대를 거느린 채 거리를 행진하면서 길가의 나를 내려다보며 우아하게 미소 짓는다. 그와 같은 기묘한 꿈을 꾸고 눈을 뜨자 곁에 아내의 모습은 없고 시트와 베개만 놓여 있었다. 창밖은 이미 해가 떠올라 밝다.

아내는 거실에 있었다. 제대로 옷을 갈아입고서(나로 말할 것 같으면 파자마에 플리스를 걸쳤을 뿐이다) 스마트폰 화면을 들여다보고 있다.

"잘 잤어? 새해 복 많이 받아."

지난밤, 날짜가 바뀐 순간에 TV(새해맞이 카운트다운은 TV도쿄를 보며 맞이하는 것으로 정해 놓았다. 화려한 악기 소리가 좋다)를 보면서 건배하고 새해 인사도 입에 올렸지만 더욱 확실히 다지기 위해 다시 한번 말했다.

"맥주 사 오래, 엄마가."

인사를 깨끗이 생략하고 아내는 말했다. 그리고 마치 증거를 보일 필요가 있다는 듯이 날 향해 스마트폰을 들어 보인다.

"알았어. 그럼 사 가자."

나는 대답했다.

샤워를 하고, 연하장을 읽고 나서 집을 나섰다. 먹고도 남을 만큼 많은 양의 점심 식사가 준비되어 있다는 걸 아는 터라 아침은 걸렀다. 맑고 조용한 주택가를 걷는다. 우리가 사는 맨션에서부터 아내의 친정까지는 걸어서 15분 거리다(맥주를 살 수 있는 편의점도 가는 길에 있다). 이 집 저 집 문 앞에 세워 둔 장식 소나무며 입구에 걸어 둔 귤 장식들을 바라보며 걸었다.

"오늘 아침, 이상한 꿈을 꿨는데 말이야."

걸으면서 나는 아내에게 말했다. 내가 생각해도 왜 그랬는지 잘은 모르겠지만 아내가 속옷 차림이었던 것은 빼고 코끼리를 타고 있었던 거며 우아하게 미소 지었던 것, 나 자신은 길가에 서 있었던 것 등 기억나는 한 자세히 설명했다.

"직업병."

재미있어할 줄 알았는데 아내의 반응은 그 한마디가 다였다.

내 직업은 아닌 게 아니라 수의사이다. 하지만 내가 근무하는 병원에 코끼리며 늑대를 들인 적은 물론 없다.

"하늘, 파랗네."

꿈 이야기는 아무래도 좋다는 듯이 아내는 위를 향해 중얼거린다. 다른 집 아내들도 그런지, 우리 집 리호만 그런 건지 알 수 없지만 아무튼 집 안에서 보는 리호와 밖에서 보는 리호는 인상이 다르다. 밖에서 더 사랑스러워 보인다. 그 점이 나는 늘 이상하다. 반대면 좋을 텐데, 라는 생각도 한다.

"우리 왔어요."

현관에서 아내가 밝게 목소리를 높인다. 벽의 코트걸이에 눈길이 가고 손위 처남 내외가 이미 와 있음을 알 수 있었다. 요리 냄새가 안쪽에서 감돌아 나온다. 벌써부터 집에 돌아갈 때가 빨리 왔으면 하고 기다려지는 마음으로 나는 신을 벗었다. 처가 식구들에게 섞여 드는 일쯤은 아무것도 아니다. 모두 선량한 사람이다. 다만 가족이니 친족이니 하는 것이 나는 원래 어색하다. 동물들과 어울리는 편이 훨씬 좋다. 본가 식구들과도 사이가 워낙 소원해서 결혼식에조차 숙부 한 사람만 초대했다(그런 나를 결혼 전 아내는 장난삼아 '고아'라 불렀다). 딱히 부모님에게 의절 당했다거나 내 쪽에서 연을 끊었다는 건 아니다. 그러기 전에 이미 우리 가족은 와해되고 말았다.

새해 인사, 장인의 환영의 표시인 팔 두드리기(철썩철썩, "잘 지내는가?"), 벗은 외투를 받아 들려고 내미는 장모의 손, 맥주를 냉장고에 넣으러 가는 처남댁의 타이츠에 감싸인 가는 다리. 병원에 이끌려 오는 개나 고양이의 심정이 피부에 와닿는다. 익숙지 않은 장소에서 인간들에게 둘러싸인 채 이것저것 보살핌을 받는—.

점심상은 호화로웠다. 떡국과 설음식 외에 고기 요리 두 종류와 샐러드 두 종류가 올라오고, 동글동글한 방울 초밥까지 나왔다("많이 만들어 놨으니까 괜찮으면 나중에 싸 갖고 가게나."). 별로 잘하지 못하는 술을 마시면서 나는 묵묵히 음식을 먹었다.

"그러고 보니, 누님 또 책 나왔던데."

장모가 불쑥 말했다.

"그렇습니까?"

누나하곤 십 년 넘게 얼굴을 못 봤고 그럭저럭 이름이 알려진 작가인 듯한 누나의 저서도 나는 읽어 본 적이 없다.

"신문에 광고가 났더라고. 얼굴 사진까지 넣어서."

"네에."

나는 짧게 대답했다.

식사를 마치고 장인이 TV를 켜자 갑자기 끔찍한 뉴스 속보가 자막으로 흘러나왔다. 도내 호텔에서 노인 셋이 엽총으로 자살했다는 내용이었다.

"뭐야. 무서워."

리호가 말했다. 자막은 짧고 자세한 내용은 알 수 없었지만,

"엽총이라니 요란뻑적지근하네."

라는 장인의 감상이 그대로 내 감상이기도 했다. 현장의 모습은 감히 상상조차 할 수 없다.

"아이고야, 무서워라."

장모가 몸서리를 치고, 아마도 모두 같은 심정으로, 요컨대 단순한 호기심에서 TV 화면을 주시했다. 그러나 같은 내용의 자막이 나올 뿐, 어느 방송국이고 온통 설 명절 일색의 떠들썩한 버라이어티 프로그램을 내보내기에 금세 아무도 관심을 기울이지 않

게 되었다.

"케이크 내오는 거 어때?"

처남 말에 처남댁이 일어나 부엌으로 갔다(타이츠에 감싸인 가는 다리).

"그럼 홍차 내릴게."

리호도 자리를 뜨고, 처남이 장인과 내게 캐시리스cashless가 너무 빠르게 진행된 뉴욕에서는 현금을 받지 않는 상점이 늘어나 문제가 되고 있다는 이야기를 했다.

"카드 사회라지만 카드를 소유하지 못하는 빈곤층도 많으니까요, 그 나라는."

어쩌면 조만간 상점 측은 현금을 거부해선 안 된다는 법안이 의회에서 가결될지도 모른다고 그는 말하고, 그런 것을 군이 명문화해야만 하다니 놀랍다고 나는 생각했다. 다 같이 홍차를 마시고 케이크를 먹었다.

그게 다였다. 엽총으로 자살했다는 세 노인 이야기는 더 이상 화제에 오르지 않았다. 그중 한 사람이 나의 할머니라는 사실 따위 나는 알 턱이 없었다.

* * *

그 뉴스가 라디오에서 흘러나왔을 때 도우코는 마침 이웃집 하루히짱이 준 커다란 연하장을 바라보고 있던 참이었다. 도화지에 색색 사인펜으로 집과 풀과 꽃과 여자아이를 그려 넣은 연하장이었는데 '도우코짱에게~ 올해도 같이 많이 놀아요.'라는 말이 곁들여져 있었다. 게다가 그것만으론 뭔가 부족하다 싶었는지 여백에 묘하게 큰 글씨로 굳이 '연하장'이라고 써 놓아서 도우코는 조금 웃었다. 1층의 공동 우편함이 아니라 각 호실 문에 달려 있는 우편함(평소에는 전기나 수도 검침표밖에 안 들어오는, 하지만 그 용도로 쓰기엔 너무 크다 보니 무엇 때문에 있는지 이전부터 도우코가 의아하게 여기던 문 안쪽의 돌출부)에 직접 쏙 넣어 놓았다.

그 뉴스의 무엇이 도우코에게 그런 생각을 떠올리게 만들었는지 알 수 없다. 자살한 사람들의 이름은 공표되지 않았고, 세 사람 다 80대라는 것만 전해졌을 뿐 그들의 관계도 동기도 불분명했다. 다만 현장에는 유서가 남겨져 있고 자살이란 것만은 확실한 듯했다. 도우코는 가슴이 두근거렸다. 근거 없는 불안이라고 스스로를 다독였지만 치사코 씨일지도 모른다는 의심은 가시지 않았다. 가시기는커녕 여전히 근거 없이 의심은 제멋대로 부풀고, 스스로 자신이 좀 이상하다고 여기면서 도우코는 몇 년 넘게 못 만난 어머니에게 전화를 걸었다. 어머니는 전화를 받지 않았다. 몇 번을 걸었지만 어김없이 부재중 메시지로 넘어가고 그때마다 도우코는 듣는 즉시 전화해 달라고 부탁했다.

　밤이 되어서야 전화가 걸려 왔는데 어머니는 줄곧 경찰서와 대학 병원에 가 있어서 전화를 받지 못했다고 했다. 부자연스러우리만치 침착하고 조용한 음성으로 도우코에게 자기 엄마의 죽음을 알리더니, 미안한데, 하고 망설이는 듯이 말했다. 미안한데, 너랑 유우키도 와 봐야 할 것 같다, 라고.

　치사코 씨가 떠나 버렸다.

　도우코가 알게 된 것은 그게 다였다.

* * *

　새해 첫날 밤부터 문을 여는 바Bar를 가와이 쥰이치는 한 곳밖에 알지 못한다. 도저히 바로 집에 들어갈 기분이 아니어서 집에선 더 멀어지지만 전철을 타고서 강변에 오도카니 자리한 그 가게의 문을 밀고 들어갔다. 카운터석에 앉아 위스키를 주문한다. 정월 초하룻날부터 밖에서 술을 마시는 인간이 그리 흔할까 싶었는데 예상은 빗나가고 좁은 가게 안은 손님들로 복작였다. 하지만 쥰이치에게는 오히려 감사한 일이었다. 적어도 이곳에는 일상이 있고 세상은 여느 때처럼 움직이고 있다는 게 느껴진다.

"어쩐 일로 혼자시네요."

젊은 바텐더의 그 말에,

"응. 뭐."

라고 대답은 했지만 실은 혼자는 아니라고 말하고 싶었다. 혼자로 보이겠지만 츠토무라는 남자와 함께라고.

술잔을 아주 살짝 들어 올렸다. 헌배가 아니라 건배의 의미로. 만약 츠토무 씨가 옆에 있었다면 서로 그리 했을 게 틀림없으니까. 세간에선 그것을 헌배라 부를지도 모르겠지만 준이치에게는 결단코 달랐다. 경찰서에서 설명을 듣고 대학 병원에서 시신을 확인(워낙 손상이 심해서 형체뿐이었지만)한 후에도 여전히 시게모리 츠토무를 고인으로 간주하긴 어려웠다.

경찰로부터 연락이 왔을 때에는 물론 놀랐지만 한편으론 묘하게 납득이 갔달까, 자신이 알고 지낸 누군가가 만약 엽총으로 자살했다고 한다면 츠토무 씨 말고 또 있을까 싶은 생각이 들기도 했다.

"팡! 하고 싶네."

설마 엽총 이야기는 아니었겠지만 그 사람은 예전부터 종종 그리 말했다. 업무에서든 그때그때 여성 관계에서든 '팡!' 하는 것을 좋아하는 사람이었다. 덕분에 준이치를 비롯한 젊은 직원들은 엄청 운이 좋기도 했지만(시게모리 츠토무에게 그 어떤 결점이 있든 시원시원했던 것만큼은 틀림없다) 곤욕을 치르기도 하고 종국엔 직장을 잃었다. 그런데도 교류가 끊이지 않았던 이유를 모르겠다. 츠토무라는 사람 자체에 어딘가 강하게 끌리는 면이 있었기 때문일 것이라고 준이치는 생각한다.

위스키를 한 잔 더 주문한다.

"빠르시네요."

바텐더가 말했다. 볕에 그을린 피부에 다부진 몸, 생김새도 정갈한 이 젊은 바텐더의 이름이 마모루였던 것을 준이치는 문득 생각해 낸다.

"저기, 마모루, 시게모리 씨라고 기억나? 여기도 몇 번 온 적 있는데. 몸집이 좀 작고 늘 양복 차림에 모자도 꼭 쓰고."

"아, 기억납니다, 기억납니다. 거침없는 할아버지 말씀이시죠? 그 사람이 무슨 일이라도 있는 겁니까?"

"아니, 아무 일 없어."

반사적으로 그렇게 대답하는 바람에 대화의 흐름이 끊겼다. 애매하게 웃으며,

"됐어, 아무것도 아니야."

하고 되풀이한다. 자신이 뭘 기대한 건지 알 수 없었다.

낮에 경찰서에는 준이치 외에 시노다 간지의 유족과 미야시타 치사코의 유족이 와 있었다(사정 청취는 따로따로 받았지만, 첫 설명은 한방에 모여 다 같이 들었다). 유족도 아닌 준이치가 불려 간 까닭은 그렇게 하도록 유서와 함께 준이치의 연락처가 남겨져 있었기 때문이며 경찰의 설명에 따르면 츠토무에게는 일가친척이 없는 듯하다. 확실히 줄곧 독신을 유지해 왔고 외동이라서 형제자매도 없고 양친은 이미 타계했다. 하지만 단 한 명의 친척도 없다는 것이 있을 수 있는 일인지 준이치는 알 수 없었다. 사촌이든 육촌이든, 그 자녀든 손주든 누군가는 있지 않을까. 아니면 츠토무 자신의 숨겨 둔 자식이라든지? 준이치가 아는 것만 해도 츠토무에게는 여자가 몇 명인가 있었다. 여자뿐만이 아니다. 츠토무에게는 친구도 아주 많았으련만 문제는 어디까지(그리고 어떻게) 연락해야 하느냐였다. 알려야 할 상대는 당장 이 사람 저 사람 떠오르지만, 자살이라는 것은 조심스럽게 말해도 충격적인 사태이고, 따라서 아마도 아주 작은 소리로 전해야 할 필요가 있으리라.

준이치는 사망한 시노다 간지며 미야시타 치사코와도 몇 번 만난 적이 있었다. 1970년대에 츠토무가 시작하여 80년대에 준이치가 입사한 수입 회사의 경기가 매우 좋았던 무렵이다. 만난 곳은 대개 술자리 아니면 그들이 말하는 '공부 모임' 자리였다. 엄청 쌩쌩한 노인들이라고 여겼지만 당시의 그들은 지금의 쥰이치보다 젊었다. 잘 마시고 잘 먹고 잘 웃고, 무엇보다 잘 떠드는 사람들이었다. 그들의 열띤 논쟁을 지켜보고 있는 것만으로도 재미있어서 쥰이치는 끼워 주면 언제든 따라나섰다. 세 사람의 우정이랄까 애정이랄까 친밀감은 옆에서 봐도 보통이 아니었고, 무엇보다 함께 목숨을 끊었다는 사실이 그 친밀감을 웅변해 주고 있다. 그래서 쥰이치는 낮에 만난 시노다 간지의 유족과 미야시타 치사코의 유족이 첫 대면이라는 소리를 듣고 의외다 싶었다. 그토록 친한 사이라면 서로의 가족들과도 무언가 교류가 있으려니 여겼는데 그렇지도 않았던 모양이다.

"가와이 씨."

이름이 불리기에 가만 보니 눈앞에 샴페인 잔이 놓여 있었다.

"일단 설날이니까 다 같이 한잔 하자고, 저쪽에서."

저쪽이란 구석의 테이블석으로, 같은 잔을 손에 든 30대 가량의 사람들이 어느 틈엔가 한껏 흥이 올라 있다. 됐어요 나는, 이라고 말하려다 만 까닭은 츠토무의 목소리가 들린 듯한 기분이 들었기 때문이다.

여전히 촌스럽구만, 자네는.

그 사람들이라면 그렇게 말했겠지.

주는 술은 마시라고.

그런 말도 했을지 모른다. 준이치는 잔을 들어 샴페인에 입을 댄다. 시게모리 츠토무가 이 세상 어디에도 존재하지 않는다는 사실이 비로소 뼛속 깊이 스며드는 맛과 차가움이었다.

경찰서에는 내일도 가기로 되어 있다. 호텔에 대한 손해 배상이라든지 유언장 검인이라든지 이것저것 고약한 일이 남아 있는 모양이다. 혈연도 아닌데 지명받은 준이치를 경찰과 병원 관계자들은 모두 동정하는 눈치였다. 하지만 준이치 자신은 지명을 받았다는 사실이 오히려 기뻤다. 상황을 고려하면 분명 어울리는 말은 아니었지만 츠토무에게 신뢰받았다는 것이 기쁘고, 그런 이상 모든 일을 깔끔하게 해내고 싶었다. 신세를 졌기 때문이라기보다 그가 좋았기 때문이다.

* * *

100엔 숍에서 산 보풀 제거기는 성능이 꽤 우수해서 본체가 작은 것을 감안하면 의외일 만큼 큰 모터 소리와 함께 적확하게 보풀을 빨아들인다. 스웨터 두 장과 코트 한 벌의 보풀을 제거한 후, 나는 아내에게 보풀이 생긴 옷가지가 없냐고 물었다. 가능하면 코트처럼 큰 게 좋겠다고 덧붙인 까닭은 단순 작업에 몰두하고 싶었기 때문이다. 설명서에 따르면 털이 짧은 카펫의 보풀도 제거할 수 있는 모양인데 우리 집에 카펫 같은 건(털이 길든 짧든) 한 장도 깔려 있지 않다.

"갔으면 좋았을걸."

내 질문을 무시하고 아내는 말했다.

"가지 않고서 심란하고, 그래서 보풀 따위 제거하고 있을 바엔 차라리 갔으면 좋았을걸."

라고. 이번엔 내가 그 말을 무시한다. 남향의 거실은 밝은 데다 기름 난로 덕에 따뜻하다. 어젯밤, 10년 넘게 못 본 누나한테서 전화가 왔는데 자살한 세 노인 중 한 사람이 우리 할머니라고 전해 주었다. 하지만 그 사람은 누나가 여덟 살, 내가 다섯 살 때 우리를 버리고 집을 나간 엄마의 엄마이며, 나로서는 거의 알지 못하는 사람이다. 사후 수습인지 뭔지를 위해 갑자기 불려 갈 이유는 없다.

"하지만, 할머니잖아? 유언에 당신 이름도 있었다며? 안 가면 안 되지."

별로 걱정하는 것 같지도 않은 투로 아내는 말을 잇는다.

"어머니랑 누님, 틀림없이 지금쯤 경찰서에서 막막해하고 있을 거라니까?"

소파가 아니라 거실 바닥에 철퍼덕 앉은 채(테이블이 너무 낮아서이지만) 연하장에 대한 답장을 작성하면서.

"저기 말야."

나는 운을 떼고 아내가 얼굴을 들기를 기다렸다. 그리고 이전에도 이야기한 것을 다시 이야기했다. 엄마가 집을 나간 후 나랑 누나가 친할머니와 숙부 밑에서 자랐다는 것, 자식을 두고 집을 나간 엄마를 친할머니가 결코 용서하지 않았다는 것 (물론 나도 용서할 수 없다는 것), 곧바로 아버지는 재혼했지만 누나가 먼저 집을 나가고, 이어서 재혼 상대가 (아버지에게 정나미가 떨어져서) 나가고, 친할머니가 돌아가시고, 아버지는 또다시 다른 여자와 살림을 차리고, 요컨대 우리 가족은 그냥 그렇게 와해되었다는 것, 그건 그것대로 상관없다고 나는 생각한다는 것—. 복잡하게 얽힌 세부 사항은 생략하고 설명한 후,

"그래서 지금은 리호 가족이 내 가족."

이라고 마무리 지었다.

아내는 거의 희한하다는 듯한 표정으로 나를 물끄러미 보며,

"하지만 그런 식으로 말하는 것 치곤 당신은 우리 친정 식구들

에게 전혀 동화되질 않잖아."

라고 한다.

"우리 친정을 허울 좋게 써먹지 말아 줘."

라고도. 맞는 말이었기에 반론의 여지도 없이 나는 물러났다 (그렇다기보다 아내가 이내 하던 작업으로 다시 돌아가 연하장 답장을 작성하기 시작했다). 아내 리호의 바로 이런 솔직함을 나는 좋아하고 이런 여자라서 결혼하기로 마음먹게 된 것도 사실이다. 하지만 세 노인 사건을 알게 되고 누나한테서 전화까지 와 버린 지금, 아내의 솔직함은 공포였다. 내내 화목한 가정에서 자란 사람이 토로하는 정론에 대처할 능력이 나에겐 없다.

대체 왜, 엄마의 엄마라는 사람은 하필이면 섣달 그믐날 자살 따위를 했을까. 얼른 설 연휴가 끝나면 좋겠다고 나는 생각한다. 그러면 직장에 돌아갈 수 있고, 내 자신의 일상이 정체 없이 지속되고 있다고 믿을 수 있을 터이다.

* * *

시노다 도요로서는 믿기 어렵게도 아버지는 만반의 준비를 갖추고 있었다. 아키타 집은 팔아 버리고, 장서는 대부분 도서관에 기증하고(나머지는 유학 중인 손녀에게 물려준다고 유서에 쓰여 있고, 그 책들은 배편으로 이미 발송을 마쳤다), 가재도구 외 개인 물품도 전부 처분되고(평소 그릇에 꽂혀 있었고, 구식 카메라를 즐겨 수집하기도 하고 상당수의 음반도 갖고 있었을 터인데 그것들을 아버지가 어디서 어떻게 처분했는지 도요로서는 짐작도 가지 않는다), 통장이며 보험 증서, 연금 수첩, 집 매매 계약서와 같은 중요 서류는 물론이고 배편으로 손녀에게 보낸 짐의 부본에 이르기까지 꼼꼼하게 정리해 가방에 넣어 두었다. 확실히 충동적인 자살은 아니고, 그만한 준비를 가족에게 일절 알리지 않고 전부 혼자서 진행해 왔다는 사실에 도요는 좌절한다.

도대체 왜 자살해야만 했는지 이해가 가지 않는다. 아버지는 여든여섯 살이고 암을 앓기도 했다. 이런 사건을 일으키지 않더라도 남은 생이 그리 길지는 않았을 터이다.

어제보다 사람 수가 늘어나서(미야시타 치사코 씨네는 딸에 더해 손녀가 나타나고, 시게모리 츠토무 씨네는 지인이라는 사람이 또 한 명 나타났다) 방 안이 갑갑하다. 도요 자신의 가족은 어제와 마찬가지로 네 사람(도요와 아내, 여동생인 미도리와 그 남편)이지만 내일이면 유학 중인 딸도 급히 귀국할 예정이다. 이런 장소에 남들과 함께 밀어 넣어져 있자니 영 거북해서 도요로서는 얼른 가족들끼리만 있고 싶었다. 장례 준비를 해야 하고 어제부터 내내 눈물 바람인 여동생을 어떻게든 안정시킬 필요도 있다. 경찰 측 설명에는 거의 진전이 없고 (엽총이 아버지 소유였다는 것은 밝혀졌지만) 대기 시간만 길다. 게다가 정초이다 보니 유서며 시신을 검증 분석하는 데 시간이 걸리는 탓에 바로 인계받기는 어렵지 싶다.

"한꺼번에 이야기를 듣는 편이 낫지 않을까."

대화가 가능한 분위기는 아니었지만 도요는 그렇게 말해 보았다. 한 가족씩 방방이 불려 가는 지금의 방식으로는 시간이 너무 걸리는 데다 뭐가 어떻게 된 건지 알 수 없기 때문이다. 유서만 해도 아버지가 작성한 건 보여 주었지만 다른 두 사람 것은 볼 수가 없고, 어쩌다 이 사달이 났는지 전체상이 전혀 잡히지 않는다.

"흐음, 글쎄요."

시계모리의 지인이라는 남자의 대답은 미덥지 못하다.

"프라이버시라든지, 있지 않겠습니까, 아무래도."

프라이버시고 뭐고, 하고 도요는 생각한다. 그들은 밀실에서 함께 죽었을 뿐 아니라 같은 매장 장소까지 준비해 두었다. 더구나 '뒤처리 및 제반 비용' 명목으로 호텔 방에 남겨져 있던 적지 않은 액수의 현금은 세 사람 몫을 합친 것이지 싶다. 애당초 프라이버시고 뭐고 없었다고 봐야 하지 않을까.

"뭐, 미야시타 씨네 유족 두 분이 돌아오시면, 다 있는 자리에서 경찰 측의 설명이 또 있지 않겠습니까."

시게모리의 지인이라는 또 다른 남자가 말했다. 지인들은 두 사람 다 마치 장의사 같은 검은 양복을 입고 있다. 고인에 대한 경의이겠거니 여기면서도 도요는 너무 앞서간다는 기분이 들었다. 아직 빈소도 차리지 못했다. 유족들이 모여 있는 이 방은 흔해 빠진 기업 응접실 같은 구조로 벽에는 어두운 색조의 유화와 달력이 걸려 있다. 중앙 테이블에 물이 든 페트병이 여러 개 놓여 있지만 아무도 손을 대지 않고, 창문에 달린 블라인드 너머로 바깥 풍경이 줄무늬로 보인다.

또다시 오열을 참아 낼 수 없게 된 듯 미도리가 힘없이 조용히 방을 나간다(아내가 걱정스러운 듯 뒤따라 나갔다). 도요가 이해하기 어려운 건 설령 자살을 한다 쳐도 그 냉정한 아버지가 왜 이토록 선정적이고 세상 시끄러운 방법을 선택했을까 하는 점이다. 어쩌면 다른 두 사람(아니면 둘 중 누구 하나)의 꼬드김에 넘어가 이 무모한 계획에 거지반 억지로 끌려 들어간 건 아닌지 의심하지 않을 수 없다.

* * *

이미 충분히 살았습니다.

유서 속의 그 한 문장이 도우코의 머리에서 떠나질 않는다. 게다가 그 글씨—. 유서는 블루블랙 만년필로 쓰여 있었다. 도우코가 어릴 적부터 받아 온 많은 편지도 그러했다. 굵직굵직하면서도 특유의 둥그스름한 느낌이 나는 부드러운 그 글씨. 두 번 확인할 것도 없이 도우코가 아는 치사코 씨 그 자체여서 치사코의 인품을 생생하게 전달하는 데다 거의 체온과 육성까지 동반하여 도우코를 동요하게 만들었다.

고인과 마지막으로 만난 때가 언제이며 전화 통화 외에 마지막으로 이야기 나눈 게 언제인지, 어떤 내용의 이야기였는지, 최근 들어 달라진 점은 없었는지, 고인과는 친했는지, 다른 두 사람에 대해 뭔가 들은 이야기가 있는지—. 이런 경우, 경찰에는 질문의 수순이란 것이 있을 테니 어쩔 수 없다 쳐도 그 질문 하나하나가 도우코에게는 무례하게 느껴진다. 마치 노인을 어이없이 죽게 했다고 질책당하는 듯한 기분이 든다. 아무것도 모르는 주제에, 라고 도우코는 생각한다. 치사코 씨에 관해서든 우리에 관해서든 아무것도 모르는 주제에.

질문은 끝이 나질 않는다. 옆에서 어머니가 간단히 대답하고 있다. 네, 만난 적은 없습니다. 아뇨, 알지 못합니다. 네, 아마 그 렇지 싶습니다. 몇 년 만에 만난 어머니는 여전히 조용하니 눈에 띄지 않고, 상황을 고려하면 당연한 일이지만 긴장한 모습으로 파랗게 질려 있다. 하지만 다른 유족들처럼 우는 일은 없이 어떻 게든 버티고 있었다. 꿋꿋한 사람이라고 도우코는 생각한다. 꿋 꿋함에 관해선 나름대로 자신 있는 도우코 자신조차 유서를 봤 을 때에는 울지 않을 수 없었는데.

게다가 지금 눈앞에 있는 이 유품들. 치사코 씨는 자그마한 여 행 가방을 호텔 방에 가지고 들어갔고, 아마도 도저히 손에서 놓 을 수 없었을 그 물건들 — 오랫동안 살았던 맨션을 포함하여 치 사코 씨는 그 물건들을 제외한 모든 것을 이미 처분한 듯 보였기 에 — 에 관해서도 경찰은 이것저것 묻고(본 기억이 있는지의 유무, 내력, 고인에게 왜 중요했었다고 보는지 등등), '모른다'라는 대답만 계속해야 했던 어머니의 심중은 짐작하고도 남는다. 어머니와 치사코 씨는 결코 사이좋은 모녀지간은 아니었다.

도우코는 맞서는 듯한 심정으로 유품을 바라본다.

• 엄청난 수의 편지(약 절반은 훗날의 남편이자 도우코의 할아버지 이기도 한 쥰야로부터 온 것이지만 나머지 절반은 이름을 봐도 도우

코로서는 누구인지 알 수 없는 남자와 여자로부터 온 것이다)

- 콤팩트디스크 다섯 장(옛날 사진이 담겨 있는 모양이다. 인화한 사진을 디스크로 옮기는 작업은 손수 할 수 없었을 터이니 아마도 업자에게 부탁했을 테지)
- 개 목걸이 일곱 개(치사코 씨는 애견인이었다)
- 남성용 손목시계(이건 쥰야 것이라고 어머니가 특정했다)
- 칠보 브로치(내력 불명)
- 정교한 철사 세공 강아지(내력 불명)
- 손바닥에 올려놓을 만한 크기의 치와와 봉제 인형(내력 불명)
- 나무 상자에 담긴 탯줄(치사코 씨가 낳은 아기는 한 명뿐이라서 아마도 어머니의 탯줄)
- 빨간 담배 케이스(예전 동료들한테서 환갑 축하 선물로 받은 것임을 도우코는 알고 있다)

그리고 또 하나, 가방에는 도우코가 쓴 첫 소설(헌사와 사인이 들어간)도 채워져 있었다.

너무나도 개인적이고 두서없는 물건들을 앞에 두고 도우코는 어찌할 바를 모른다. 이것들은 다름 아닌 치사코 씨 옆에 있어야 마땅하다. 살풍경한 경찰서 골방 책상 위 같은 곳에 줄줄이 늘어서 있어서 좋을 리 없다. 당장이라도 몽땅 그러모아 남들 눈이 닿지 않는 장소에 숨겨 두고 싶다는 충동을 도우코는 간신히 억누른다.

이미 충분히 살았습니다.

그 한 문장이 치사코 씨의 목소리를 동반하고 다시 되살아난다. 치사코 씨는 여든두 살이었다. 그 말마따나 이미 충분히 살았는지도 모르지만, 그런 이유로 사람은 엽총 자살 따위를 하진 않을 거라고 도우코는 생각한다. 경찰 이야기로는 사망한 다른 두 노인 중 한 사람은 암을 앓았고, 나머지 한 사람에게는 일가친척이 없고 경제적으로도 곤궁한 데다 빚도 있었던 듯하다. 양쪽 다 자살의 이유가 될 수 있겠지만 치사코 씨는? 할머니의 자살 동기가 무엇인지, 유서를 읽어도 도우코는 알 수 없었다.

* * *

남편이 운전하는 차 안에서 다케이 미도리는 한마디도 하지 않았다. 입을 여는 순간 통곡이 터져 나올 게 뻔했고 그 이전에 무슨 말을 해야 좋을지 몰랐다. 유일하게 떠오르는 건 사과의 말이었다. 자신의 아버지가 일으킨 일 때문에 남편에게까지 이런 고통과 불명예를 맛보게 해서 미안하다는 마음이 뜨겁게 소용돌이치고 있었다. 하지만 그것을 사과해 버리면 아버지가 너무 가여운 듯한 기분이 들었다. 왜냐면―. 다시 눈에 눈물을 글썽이면서 쉰두 살 나이인 지금까지도 부모님을 늘 아빠 엄마라고 부르는 미도리는 생각한다. 왜냐면, 그래서는 마치 아빠가 나쁜 짓을 저지른 것 같잖아―. 아니면 나쁜 짓을 저지른 게 맞는 걸까? 마음이 너무 혼란스러워서 그 판단도 서지 않는다. 줄곧 입을 막고 있던 손수건을 한순간이라도 입에서 떼는 것이 불안해서 미도리는 눈물을 닦지 않고 있었다. 앞을 달리는 차량의 후미등이 붉게 번지며 이어진다.

수목장이라니―. 생각난 순간 한층 더 혼란한 감정이 치밀어 오른다. 유서에 따르면 아버지는 다른 두 사람과 함께 아무런 연도 관계도 없는 땅― 하치오지시 ―에 공원묘지 구획을 하나 구입해 두었다. 도쿄에는 선산이 있고 그곳에 어머니도 잠들어 있건만. 미도리에게 그것은 견디기 힘든 배신으로 느껴진다. 아버지가 돌아가셨다는 것 이상으로 견디기 힘든 일로. 이것저것 다 떠나서 시노다 가문의 산소는 어찌 되는 걸까. 그곳에 있는 엄마는?

미도리는 본격적으로 울기 시작한다. 남편이 뒷좌석으로 한 손을 뻗어 티슈 갑을 움켜쥔다.

"자."

그렇게 말하며 무릎 위로 툭 던져 준다. 미도리는 코를 풀었지만 눈물도 오열도 폭력적으로 터져 나왔다. 마치 어릴 적의 천식 발작과도 같아서 도저히 의지력으로 제어할 수 있는 수준이 아니었다. 대체 왜 이런 일이 벌어지게 되었는지 모를 일이었다. 가족사가 복잡해 보이는 미야시타 일가나, 가족 자체가 없는 시게모리라는 사람과 달리 시노다 일가는 줄곧 화목한 가족이었을 터이다. 확실히 어머니가 돌아가신 후 최근 십여 년간은 서로 얼굴을 마주할 기회가 줄었지만 그건 아버지가 느닷없이 아키타 현으로 이주해 버렸기 때문이고, 그래도 일 년에 한 번은 미도리도 오빠인 도요도 멀리 아키타까지 아버지를 찾아뵈었다.

작년 여름이 마지막이었던 셈이다. 이미 암 선고를 받았던 아버지는 걱정되니 도쿄로 돌아오셨으면 좋겠다는 미도리의 간청에는 귀를 기울이지 않고, 의외다 싶게 건강해 보여서 이 정도면 아직 당분간은 괜찮을 것 같다고 가슴을 쓸어내렸었는데.

"봐봐, 강이야."

스스로 생각해도 꼴사납다 싶은 기세로 찔찔 울고 있는데 남편이 말했다. 차는 마침 다마강을 건너는 다리에 들어서고 새카만 수면이 가로등을 비추며 흔들린다.

강이라고 소리 내어 말하는 사람은 평소 같으면 미도리였다. 결혼하고 20년 넘게 가와사키에 살고 있어서 도심을 오가려면 반드시 다마강을 건넌다. 따라서 어지간히 눈에 익을 만도 하련만 매번 신기한 것을 본 양 '강이야'라고 말하지 않곤 못 배기는 미도리를 평소 남편은 묵살한다.

봐봐, 강이야―.

남편의 서툰 위로 방식에 미도리는 그만 울다가 웃음을 터뜨렸다. 이 강을 건너면 머지않아 집으로 돌아갈 수 있다. 그리고 이 상황에도 자신이 (울다 웃는다고는 해도) 웃었다는 것과 자신만 안전한 집으로 돌아갈 수 있다는 것이 떠나 버린 아버지에게 등을 보이는 것만 같아서 몹시 슬프고, 그래서 또다시 새롭게 눈물을 쏟아 낸다.

*

시게모리 츠토무가 비프스테이크를 주문하고, 미야시타 치사코가 망설인 끝에 특제 미트 파이라는 것을 주문하기에 시노다 간지는 야채 스틱을 골랐다. 이제 와서 균형 잡힌 식단이 뭔 소용 있겠냐고 내심 자조하면서 오랜 두 친구의 왕성한 식욕을 미덥게 여겼다. 세 사람이 와 있는 바 라운지는 어느새 좌석이 다 차고, 입구 근처에는 빈자리가 나길 기다리는 듯한 사람의 모습도 보인다.

"나, 시가현에는 지겨우리만치 가 본 걸."

"그건 그래. 큰 선생님이 마음에 들어 하셨지."

치사코와 츠토무는 아주 오래전의 출장 이야기를 하고 있었다.

"나가사키에도 엄청 다녔고, 오다 선생이 계셨으니까 후쿠이에도."

"그 시절엔 다들 어딘가로 나가고 없어서 편집부가 텅텅 비어 있었지."

"힘들었지만 즐거웠어."

두 사람의 대화를 들으며 간지는 화제에 오른 시가현의 여성 화가가 아니라, 매번 잔뜩 긴장하면서 그 화가를 만나러 갔던 신입 사원 시절의 치사코를 떠올리고 있었다. 어떤 옷을 입고 가면 좋을지, 간단한 방문 선물로 뭘 갖고 가면 좋을지, 간지가 보기엔 아무러나 좋을 만한 것을 가지고 일일이 야단법석을 떨었다. 하지만 그 후 꽤나 신임을 얻었던 듯 친해졌고 그 화가가 100세를 넘기고 돌아가셨을 때 — 바로 엊그제 같건만 간지가 아직 도쿄에 있고 아내도 건강하던 무렵이었으니 20년 혹은 그 조금 전 일이다 — 그 소식을 전화로 알리면서 치사코는 드물게 소리 높여 울었다. 간지 자신은 이미 미술계를 떠나 있었고 그 화가와 개인적인 교류가 있었던 것도 아니었지만 그래도 쓸쓸한 마음이 들면서 한 시대의 종언을 느꼈다. 하긴 그런 느낌이 들었던 적은 그 밖에도 지겨우리만치 많았다. 수많은 상실, 수많은 종언, 정말이지 자신들은 많은 죽음을 경험해 버렸다고 간지는 생각한다.

"나야 뭐 평론가 담당이었고, 도내에 거주하는 선생이 많았으니까. 당신이나 간지 씨만큼 여기저기 가 보진 않았지만."

츠토무가 말하고 술잔 속의 얼음을 달그락달그락 흔들었다.

"어머나, 그래도 벤짱은 직업을 바꾸고 나서 외국에 많이 가 보지 않았어? 중국이라든지 동남아라든지."

"그야, 갔지."

츠토무가 인정했을 때 피아노 소리가 들리지 않는 것을 치사코는 깨닫는다. 주위에는 업무 협의인가 내밀한 이야기인가를 하는 사람들의 흔한 웅성거림이 있을 뿐이다.

"피아노, 이제 끝인가요?"

치사코는 지나가던 웨이터에게 묻는다. 검은 나비넥타이에 녹색 조끼라는 틀에 박힌 차림새의 웨이터가 대답하길 지금은 피

아니스트가 쉬는 시간이고 다음 무대는 일곱 시부터라고 했다.

"다행이다."

치사코는 싱긋 웃고 나서 하던 이야기로 돌아와,

"하지만 난 가 본 적 없는 현도 꽤 돼."

하고 말을 잇는다.

"사가, 미에, 후쿠시마, 게다가, 어디더라, 시마네?"

"나한테 묻는다고 아나."

츠토무는 쓴웃음을 짓고,

"간지 씨는 있어요? 가 본 적 없는 현."

하고 물었다. 그러나 간지가 입을 열기에 앞서 치사코가,

"없을 리 없잖아. 이 사람은 창간 때부터 줄곧 그 무크지를 맡아 했으니까."

라고 대답했다.

"전국의 신사와 불각이라든지 도자기 마을이라든지, 꽃 명소라든지 물 명소라든지, 여기저기 온갖 곳에 갔었는걸."

맞는 말이어서 간지는 아무 말도 하지 않았다. 그 후 화제는 세 사람이 함께 갔던 장소로 옮겨 갔다("그런데 왜 그런 곳에 갔었지?", "도키짱 시가가 거기서 여관을 하고 있어서.", "에? 그건 와카야마 아니었어?", "아냐, 와카야마는, 왜 있잖아, 오오니시 선생 주선으로—"). 일과

관련해서 뿐만 아니라 그렇지 않은 것까지 포함해 젊은 시절의 세 사람은 곧잘 같이 여행을 다니곤 했다. 등산을 좋아하는 조각가와 어울려 자주 등산을 했고("나는 사실 싫었잖아, 그거. 여름에는 특히 모기가 장난 아니었잖아?"), 직원 여행으로 여기저기 온천에도 갔다. '공부 모임'이란 이름 아래 지방의 미술관이며 박물관을 찾았고, 산에서 스키를 탄 적도, 강에서 캠핑을 한 적도 있다.

하지만 주문한 요리가 나왔을 때 간지가 정작 생각하고 있던 건 다른 여행이었다. 아내와 둘이서 방문한 미나미큐슈(신혼여행은 아니고 혼전 여행이었다), 아이들이 아직 어렸을 적에 매년 여름 머물렀던 치쿠라 해변(그곳에는 아내의 부모님이 살고 있었다), 아들에게 낚시를 가르쳐 주려 했던 몇몇 야영지, 딸이 사슴을 겁냈던 나라 공원—. 자신 혼자서(혹은 직장 동료들과) 갔던 장소가 많았던 것에 비해 확실히 수는 적지만, 그것들과는 완전히 다른 의미를 지니고 있던 가족과 함께한 여행. 그 기억은 사진처럼 단편적이어서 초현실적이랄까 현실과 동떨어져 있다. 자신이 굉장히 젊었다는 것만이 그리움은 아니고 믿기 어려운 사실로서 가슴에 다가온다. 성가시면서도 활기차고, 행복이라 부를 만한 것이기도 했을 그 여행들은 경계선이 서로 애매하게 녹아들어 거의 하나의 추억과 같다. 오히려 자신과는 다른 누군가의 기억 같기도 해서 간지는 자신이 이미 과거를 잃어버렸다고 느낀다. 가족으로부터 멀리 격리되어 버렸다고—.

어째서인지 모르겠다. 모르겠지만 이런 경우에 요리를 잘라 나누는 건 츠토무의 역할이라고 옛날부터 정해져 있었다.

"맛있겠다!"

치사코의 그 목소리를 신호로 츠토무는 곁들여 나온 나이프와 포크로 스테이크(프렌치프라이 포함)와 특제 미트 파이(상상했던 것보다 좀 작다)를 잘라 나누면서 생각했다. 그리고 마지막엔 하치오지라고. 모두 여기저기 참 많이 다녔지만 마지막엔 나란히 하치오지로구나, 라고.

구운 고기의 기름기와 파이 스파이스의 식욕을 돋우는 냄새가 세 사람 주위에 감돈다.

*

비는 어젯밤부터 조용히 내리고 있다. 가뜩이나 초목이 말라 색이 없는 정원이 그 탓에 한층 쓸쓸해 보인다.

"전에는 저기 동백나무가 심어져 있지 않았어?"

하즈키가 자기 엄마가 아니라 고모에게 물은 까닭은 한마디라도 말을 시키고 싶었기 때문이다. 포치에서 현관까지 이어지는 그 짧은 거리를 고모부 팔에 매달리다시피 하고 걷던 고모는,

"글쎄."

하고 모기만한 목소리로 대답했다. 우산을 때리는 빗소리도 희미하지만 고모의 목소리보다는 훨씬 생기 있다.

"저기 엄마! 저 자리에 동백나무 있었지?"

하즈키는 앞을 걷는 어머니를 향해 소리쳤지만 마침 현관에 다다른 참이었던 어머니는 작은 봉지에 든 소금을 아버지 어깨에 훌훌 뿌리고 나서 자신에게도 형식적으로 뿌리고,

"소금, 직접 할 수 있지?"

라는 말을 남기고 안으로 들어가 버렸다.

일가는 남몰래 조부의 장례를 치르고 유골과 함께 니시오기 집 — 하즈키가 나고 자란 집이다 — 에 돌아온 참이다. 덴마크에서 유학 중에 부고를 받은 하즈키가 급거 귀국한 지 일주일이 지나간다.

"들어가요, 들어가. 소금 뿌립니다 —."

문을 열어젖히고 하즈키는 고모와 고모부를 재촉했다. 현관에 한 발 들여놓았을 때의 냄새는 비의 습기와 더불어 그야말로 일본의 냄새였다.

요 일주일간 아버지는 내내 심기가 좋지 않았다(하즈키가 본 바로는, 할아버지의 죽음 그 자체라기보다 할아버지가 선택한 방법 때문인 듯했다). 그리고 늘 그렇지만 어머니는 온 힘을 다해 아버지를 긍정한다(때문에 집 안에서 아버지의 언짢은 심기는 늘 정당화되고, 잘못은 집 바깥의 무언가로 귀결된다). 하즈키로서는 어릴 때부터 늘 보아 익숙한 부모님의 모습이며 오히려 그립다고까지 말할 수 있었다.

'여전하네요, 저 사람들.'

자기 방에서 상복을 벗어 던지며 하즈키는 마음속으로 할아버지에게 말을 건다.

'이렇게 될 줄 알면서 저지른 거죠?'

라고도.

며칠 전에 급하게 사는 바람에 도무지 자신의 옷으로 여겨지지 않는 상복을 옷걸이에 걸고 검은 스타킹을 둘둘 말아 바닥에 던진다. 스웨터에 청바지라는 평상복 차림으로 침대에 걸터앉으니 그제야 살 것 같았다. 방 안은 바야흐로 반 창고 상태가 되어 있다. 안에 뭐가 들었는지 알 수 없는 골판지 상자 두 개와 어머니의 옷가지(세탁소 비닐에 싸인 채 골판지 상자 위에 포개어져 있다), 게다가 바꿔 걸은 듯싶은 그림 액자 몇 점. 이 집에 돌아올 생각이 하즈키에게 더 이상 없다는 것을 아마도 부모님은 알고 있으리라. 그래도 청소는 해 주었던 듯 침대도 청결하게 정돈되어 있었고 책상이며 책장도 옛날 그대로 유지되고 있었기에 훌륭하다고 할 수 있었다.

아래층으로 내려가자 선향 냄새와 커피 냄새가 뒤섞여 있었다. 거실에 들어가 보고 옷을 갈아입은 사람이 자신뿐이었음을 알았다. 아버지도 어머니도 상복 차림 그대로 고모 부부를 마주하고 소파에 앉아 있다. 밤이 되려면 아직 좀 더 있어야 하는데도 불이 켜진 실내는 부자연스럽게 밝고, 즉석 제단 — 오늘 아침, 장의사 사람이 와서 솜씨 있게 꾸며 준 것으로 간소한 받침대를 몇 개 늘어놓았을 뿐인데 순백의 천을 씌우자마자 신성하면서도 엄숙한 모양새가 되었다 — 이 이상한 존재감을 발하고 있다. 방금 전 가지고 돌아온 유골도 영정 사진도 이미 그곳에 안치되고 하즈키는 앉아서 두 손을 모았다.

'장례식 때도 화장터에서도 할아버지 말대로 울지 않았어요.'

할아버지에게 그렇게 보고한다.

'미도리 고모는 울다 울다 몸을 못 가눌 지경이 돼서, 유골 수습에 대한 설명을 듣고 있을 때 담당자가 의자를 가져다주었는데 말이죠.'

생각을 떠올리다 하즈키는 견딜 수 없는 기분이 들었다. 아버지의 여동생인 미도리 고모는 옛날부터 감정 기복이 심한 사람이라서 할아버지에게 만약 마음에 걸리는 게 있었다면 그것은 고모를 너무 슬프게 만드는 일이었겠구나 싶었기 때문이다.

무정한 유서에는 쓰여 있지 않았던 것을 마지막 전화 통화 — 크리스마스 당일이었으니 불과 2주 조금 전이다 — 때 하즈키는 들었다. 자신이 가고 없어도 슬퍼할 필요는 없다는 거며 묘석 같은 건 원하지 않는다는 것, 앞으로도 하즈키의 인생을 응원하겠다는 것. 그때는 단지 암이 진행되어 죽는다면, 이라는 의미로 받아들였고 설마 이렇게 빨리 떠나 버릴 줄은 상상도 하지 못했기에 부고는 당연히 충격적이었지만.

'할아버지가 정한 일이니 틀림없이 옳은 일이었을 거라 생각하지만, 그래도 쓸쓸한 마음이 드는 건 어쩔 수 없네요.'

바로 옆 소파에서 이야기하고 있는 아버지의 목소리가 들린다. 요 일주일간 내내 그랬듯이 몹시 언짢은 어조로 할아버지의 두 친구의 유족에 대한 불만을 말하고 있었다. 하지만 사실상 그것들은 모두 이런 식으로 사라져 버린 할아버지에 대한 불만이다.

'송별회, 우리 집은 단호하게 거절할 모양이에요.'

마지막으로 그렇게 보고하고,

'하지만, 그런 건 분명 상상했을 테죠?'

라고 덧붙이고 하즈키는 방석에서 일어난다.

"나, 목욕하고 와도 될까."

부모님에게 물었다. 이 자리에 있어도 도움 될 일은 없을 것 같아서였다.

* * *

민영 철도 노선이 지나는 작은 역에서 도보로 7분, 지극히 서민적인 상점가 한 모퉁이에 자리한 좁디좁은 잡화점의 계산대에 가와이 쥰이치는 앉아 있다. 계산대라 해도 제법 그럴듯한 업무 공간이 되어 있어 (실제로 가게가 좁은 것을 고려하면 걸맞지 않게 계산대 안이 넓다) 쥰이치에게는 거의 서재나 다름없다. 컴퓨터도 두 대 놓여 있는데 한 대는 업무용, 한 대는 개인용이며 개인용 컴퓨터는 주로 스테레오 대신 사용한다. 등 뒤 선반에는 인테리어를 겸한 특별한 상품 (손님이 보여 달라고 했을 때만 꺼내는데 그런 손님은 좀처럼 없다)이 진열되어 있는데 문이 달린 선반과 서랍에는 개인 용품도 꽤 많이 채워져 있다. 반지하라서 오늘처럼 맑은 날에도 가게 안은 어둑어둑하지만 쥰이치에게는 그것도 심리적인 안정감을 주는 요소였다.

눈 깜짝할 사이에 일상이 돌아오는구나.

몇 통인가 전화를 걸고, 몇 통인가 문자 메시지를 보내고, 몇 몇 손님을 상대한 후에 준이치는 생각했다. 예전 상사이자 은인이자, 나이차는 많이 나지만 친구이기도 했던 한 남자가 죽었다는데 정신을 차려 보니 자신의 생활에는 이렇다 할 변화도 없이, 가게를 연 이래 몸에 익은 수순 및 리듬으로(7시 기상, 9시 지나 자전거로 출근, 10시 전에는 가게에 도착, 11시 개점 8시 폐점, 점심은 아내가 싸 준 도시락을 먹고, 저녁은 상점가에서 혼자 해결한다. 일·월·수요일 정기 휴일, 가끔 비정기 휴일도 있다) 나날은 계속된다.

준이치가 이 장소에 가게를 냈을 때 츠토무는 거대한 화환을 보내 주었다. 작은(그리고 준이치가 보기엔 소박하면서 기품 있는) 가게에는 어울리지 않는 그 화려하고 커다란 화환이 솔직히 당혹스러웠지만, 아마도 츠토무는 자신의 회사가 도산하고 그 탓에 뿔뿔이 흩어져 버린 직원들이 내내 마음에 걸렸던 것이리라. 특히 준이치는 도산 후에 여러 직업을 전전하며 자리를 잡지 못했기에(설상가상 그사이 이혼도 했다) 한층 더 걱정을 끼쳤는지도 모른다. 최종적으로 준이치는 예전 회사의 업무와 무관하진 않은 동유럽 잡화 전문점이라는 직종을 선택했다. 그것을 츠토무가

50

기뻐해 주었다고 여기고 싶지만 생전에 본인 입으로 그 비슷한 말조차 하는 걸 들은 적은 없다.

　개인용품이 가득 담긴 서랍을 열고 준이치는 엽서를 한 장 꺼낸다. 어디에서나 팔 법한 세로쓰기 괘선이 들어간 엽서다. 츠토무가 사망한 며칠 후에 집으로 날아든 그 엽서를 준이치는 왜인지 집에 놓아둘 기분이 아니어서 가게에 보관하고 있다.

　폐를 끼쳐서 미안하네. 고개 숙여 깊이 사과할게. 이런 말 할 처지가 아닐지도 모르지만 내가 생각해도 재미난 인생이었던 것 같아. 다시 만나세. 뭐, 저세상이란 데가 있다면 말이지만.

츠토무

이미 몇 번이나 읽은 그 짧은 문장을, 또다시 읽는 건 아니고 그저 바라본다. 경찰서에서 보여 준 유서(라기보다 필요한 절차에 관해 기재된 메모)는 컴퓨터로 출력한 것이었지만, 엽서는 자필로 작성된 것으로 가느다란 검정 사인펜으로 쓰여 있다. 츠토무는 옛날부터 글씨체가 아름다웠다. 서예에 소양이라도 있나 싶어서 물은 적이 있는데 츠토무는 그렇듯 고상하게 자란 인간은 못 된다고 대답했다. 그냥 자기류自己流라며 웃었는데 그 말의 호쾌함과 달리 신중하고 섬세한, 어디고 흐트러짐 없는 글자를 쓰는 사람이었다.

비용 문제도 있고 장례는 예전 회사 동료(가운데 뜻을 같이하는) 몇이서 치를 수밖에 없었지만 준이치는 봄이 되면 송별회를 열 생각이다. 돌아가신 세 사람에게는 공통의 친구며 지인이 많았을 터이고, 그렇다면 합동으로 개최하면 어떨까 싶어 말을 꺼내 보았는데 시노다 간지의 유족에게도 미야시타 치사코의 유족에게도 그 자리에서 딱 잘라 거절당하고 말았다(특히 시노다 간지의 아들은 '제정신인가?'라고 말하고 싶은 듯한 눈빛을 보냈다). 하지만 오히려 잘됐다고 준이치는 생각한다. 시게모리 츠토무의 송별회는 시게모리 츠토무 그 사람을 위해서만 열리는 게 낫다.

엽서를 서랍에 도로 넣고 준이치는 자신의 가게를 둘러본다. 생활 잡화로 부를 수 있는 것이라면 거의 모든 물건을 구비해 두고 있다. 앤티크 재봉틀과 샹들리에, 각종 러그며 크로스와 같은 큰 것부터 라탄 바구니(잘 팔리는 상품이다)와 레이스 뜨개 손가방, 쇠 프라이팬, 법랑 냄비, 장화, 스웨터 같은 중간 크기의 것, 봉제 인형을 비롯한 가지각색 인형과 컬러풀한 슬리퍼며 장신구며 봉지 조미료며 초콜릿이며 티백 같은 작은 것까지 빼곡히 진열되어 있다. 입구의 문을 내처 열어 놓아도 그러한

물건들이 자아내는 냄새가 실내에 내내 머문다. 준이치로서는
내 집의 냄새다. 물론 내 집이라 부를 만한 장소는 따로 있고 4
년 전에 재혼했기에 그곳에는 아내도 있지만 준이치에게는 이
가게의 냄새가 여전히 가장 안정감을 주는 냄새다. 눈치가 빠
른 아내는 아마도 그것을 알고 있으리라. 알고 있으면서 준이
치의 영역을 존중해 가게에는 일절 오지 않는다. 원래는 이곳
의 단골손님이었으면서. 준이치는 그 일로 아내에게 고마움을
느끼고 있지만 그녀는 오랜 우수 고객이기도 했기에 이 규모의
가게로서는 그와 같은 손님을 한 사람 잃었다는 게 아프다고
하면 아픈 일이었다.

* * *

영화관을 나오자 완전히 어두워져 있었다.

"실제로 일어난 일이었다는 게 놀랍네."

지난 3년 간 부동의 연인(도우코로서는 최장 기록이다)인 챠타니
모리야가 그렇게 말하고, 도우코는 그러게 말이야, 하고 맞장구
를 치면서 겨울의 바깥공기 냄새를 들이마신다. 영화관에서 한
걸음 밖으로 내딛었을 때 맞닥뜨리는 거리의 공기가 (거기가 어느

동네이든, 계절이 언제이든) 도우코는 뭐라 말할 수 없이 좋았다. 현실 세계로 돌아와 버린 것을 아쉽게 여기면서도 현실의 추위와 공복이 기쁘다. 자신에게 육체가 있다는 것을 몇 시간 만에 생각해 낸다.

"그것도 아주 옛날이 아니라, 애틀랜타 올림픽이라면 바로 얼마 전이랄까, 내가 고등학생 때이고, TV로 봤고, 유도의 노무라라든지 육상의 마이클 존슨이라든지 또렷이 기억해. 그런데도 그 같은 장소에서 그런 일이 있었다니 좀 믿기 어렵달까."

"응."

연인에게 팔짱을 낀 채 다운재킷의 부들부들한 감촉을 맛보면서 들뜬 듯한 발걸음으로 도우코는 밤거리를 걷는다. 그리고 최근 들어 자주 하는 생각을 맥락 없이 또 한다. 이것은 치사코 씨가 없는 세상이라고. 치사코 씨는 가고 없는데 세상은 평화롭고 평범하게 움직이고, 나는 연인과 걷고 있다, 라고.

볼링장에서 근무하고, 작은 체구에 동안이지만 도우코보다 다섯 살 위인 챠타니 모리야는 소설을 쓰기 위한 취재를 하면서 알게 되었다. 모든 것을 잃은 프로 볼러(승부 조작에 더해 도핑과 바람피운 것까지 발각되어 일도 명예도 가족도 연인도 모두 잃는다)가 방랑길에 나서는데 식목 장인과 공동생활을 하기도 하고 노인 팀에 볼링을 가르치는가 하면, 가출 소녀를 알게 되어 그 모친과 관계를 갖기도 하면서 5년 세월에 걸쳐 새로운 자신을 발견한다, 라는 장편 소설을 구상하고 있던 참이었다(이 소설은 훗날 『소회素懷와 주개廚芥』라는 제목으로 출판되고 별로 팔리진 않았지만 도우코 자신은 마음에 들어 하고 있다). 집필 중, 도우코는 설마 자신이 챠타니와 연인 사이가 되리라곤 생각도 못했다. 하지만 소설이 완성되고 그때까지 빈번하게 주고받던 연락(도우코로부터는 질문과 상담과 확인, 그 김에 잡담, 챠타니로부터는 그것들에 대한 답변 및 연재 단계인 소설에 대한 감상, 그 김에 잡담)을 더 이상 지속할 필요가 없어지고 보니, 갑자기 뭔가 허전하고 쓸쓸한 느낌이 들었다. "대화를 하지 않으면 고장이 나 버려." 도우코가 그렇게 문자 메시지를 보내고, "알아차리는 게 더디네."라는 답변이 오고부터 새로운 관계에 돌입, 이제 챠타니는 도우코의 일상생활에 없어서는 안 될 존재가 되었다. 뭐니 뭐니 해도 가장 큰 매력은 대화가 얼마든지 이어진다는 점이다(무엇 때문에 연인이 필요하느냐 하면 대화와 식사를 하기 위해서라고 도우코는 생각한다. 대화는 혼자서는 못 하고, 식사는 혼자서는 맛이 없다). 하긴 언제였던가 치사코 씨에게 이런 이야기를 하자 "하지만 묵묵히 매일 밤 같이 자 주는 남자도 중요해."라고 말했었지만—.

챠타니가 '무작정 좋다'고 인정하는 볼링에 도우코는 그다지 흥미가 없고(소설 취재로서는 또 별개이지만) 도우코가 이 세상에서 가장 경애하는 작가 토베 얀손을 챠타니는 무민 작가로서밖에 인식하지 못한다는 차이는 있어도 그 차이가 대화에 방해되는 일은 없다. 실제로 책에 관해서든 영화에 관해서든, 정치든 역사든, 음악이든 미술이든 스포츠든 챠타니하고는 이야기할 수 있었다.

따라서 오늘처럼 영화를 두 편(첫 번째는 기치조지에서 인도 영화를, 두 번째는 신주쿠에서 애틀랜타 올림픽 폭파 사건을 다룬 영화를) 본 날쯤 되면 할 이야기는 얼마든지 있었다. 인도 배우 살만 칸의 키가 얼마쯤 될 것 같냐는 것에서부터 시작되어 인도와 파키스탄의 관계, 종교에 관해, 애틀랜타 올림픽에서 활약한(도우코는 기억 못하지만 '깔끔한 유도'를 했다고 챠타니가 말하는) 노무라에 대해, 억울한 죄를 추궁당한 남자의 모친 역으로 나왔던 캐시 베이츠가 '미저리'에서 보여 준 광기어린 연기에 대해 등등, 우연히 지나가다 챠타니가 "여기다!" 하고 뭔가 촉이 와서 들어간 한국 음식점(삼겹살 전문점으로 무척 맛있었다)에서 식사하는 동안에도, 장소를 도우코네 맨션으로 옮겨 침실에서 다정한 시간을 보내는 동안에도 둘이서 쉴 새 없이 수다를 떨었다.

그리고 여느 때처럼 챠타니 모리야는 돌아갔다. 아무리 대화가 활기를 띠어도 자고 가는 일은 거의 없다. 도우코는 아침에 일어났을 때 옆에 사람이 있으면 거북하기 때문이다. 조심해서 가요, 하고 배웅하는 중에 치사코 씨의 말이 다시 되살아났지만 거기에 대해선 생각하지 않기로 했다. 하지만 묵묵히 매일 밤 같이 자 주는 남자도 중요해—. 치사코 씨의 남편이었던 사람은 그런 남자였으려니 상상할 따름이다. 외할아버지인 그 남자를 도우코는 전혀 기억하지 못한다. 보여 준 사진에 의하면 선이 가늘고 온화해 보이는 남자다.

도우코는 라디오를 켜고 홍차를 달이려고 일어선다. 작고 예쁜 캔에 든 비싸 보이는 홍차인데 그저께 남동생(의 아내)에게 받았다. 10년 넘게 못 만난 동생 유우키를 집으로 초대한 까닭은 외할머니의 유서를 보여 주기 위해서, 그리고 49재 날 납골식에는 입회했으면 좋겠다고 부탁하기 위해서였다. 어머니가 집을 나가 행방을 감춘 후, 자신들 남매는 친가에서 키워졌기에 장례식에 나타나지 않은 동생의 심정도 모르는 바 아니었지만, 외할머니인 치사코 씨는 마지막까지 손주들을 걱정해 주었다.

티 포트에 찻잎을 넣고 끓는 물을 따른다.

조심해. 왈칵 왈칵 왈칵 나온다.

다시 치사코 씨의 목소리가 되살아났다. 도우코가 주전자 물을 포트나 찻주전자나 컵에 따를 때마다 치사코 씨는 그렇게 말했다. 마치 도우코가 어린아이인 양.

아주 어릴 적의 자신이 외할머니와 어떠한 교류를 가졌었는지(혹은 갖지 않았는지) 기억나지 않는다. 도우코에게 있어서 '치사코 씨'와의 교류는 성인이 되고 나서부터 발생한 것이다. 열일곱 살에 집을 뛰쳐나와 어머니 밑으로 기어 들어갔지만 그곳에도 자신이 있을 자리가 없어 보였다. 지금 생각하면 단지 있을 자리가 필요해서인 듯한 연애를 하고 남자와 살기 시작한 이후의 일이었다. 스스로 생각해도 다루기 힘든 딸이었지 싶다. 몇 가지 아르바이트를 하면서 소설을 쓰기 시작한 무렵으로, 있을 자리만을 위한 듯한 연애가 파탄 났을 때에만 도우코는 치사코 씨 밑으로 도망쳐 들어갔다.

조심해. 왈칵 왈칵 왈칵 나온다.

염려하는 듯한 목소리를 떠올리고 도우코는 미소 짓는다. 끓는 물이란 것은 정말로 왈칵 왈칵 왈칵, 하고 예상치 못한 궤도를 그리며 주전자 밖으로 튀어나온다.

홍차는 좋은 향이 났다. 컵을 손에 들고 도우코는 소파에 앉는다. 요즘 줄곧 미국 방송에 맞춰 두는 라디오에서는 남자 아나운서가 매끄럽게 읽어 나가는 뉴스가 흘러나온다. 이것은 치사코 씨가 없는 세상이다, 라고 도우코는 또다시 생각한다. 그 후로도 오랫동안 소식을 끊고 지내다 아쉬울 때만 찾는 식이어서 세간에서 말하는 사이좋은 할머니와 손녀 지간은 결코 아니었다. 그래 놓고 이제 와서 쓸쓸해한다는 건 기만 같아서 영 마음이 꺼림칙했다. 챠타니를 만난 이후로 도우코는 치사코 씨의 맨션을 찾는 발길이 점차 뜸해졌다.

경찰서에서 이것저것 물어 왔을 때 도우코도 어머니도 만족스러운 대답을 하지 못했다. 유우키로 말할 것 같으면 그 자리에 있지도 않았다. 자신들은 아무도 치사코 씨에 대해 충분히 알진 못한다. 도우코는 스마트폰을 손에 쥐고 바로 그저께 알려준 남동생의 ID로 라인 메시지를 보낸다. '납골식에 꼭 오렴' 하고 보내려다 잠시 생각한 후 '하치오지에서 만나서 같이 갈래?'라는 문장으로 바꾸어 전송했다. 그러자 뜻밖에 바로 스마트폰이 진동하고, '좋아'라는 답장이 왔다. 도우코는 화면에서 눈을 떼지 못한다. 전송했으니 답신이 와도 이상할 건 없는데 무척 신기한 기분이 들었다. 유우키한테서 라인 메시지라니! 묘하게 간지러운 기분이 든다.

많이 늙었네, 라는 것이 그저께 현관에서 남동생을 맞았을 때 도우코가 처음 한 생각이었다. 외투 안에 후드 티와 청바지. 학생 같은 복장을 하고 있었음에도 학생은커녕 고달픈 교사처럼 보였다. 온몸에 골고루 붙은 엷은 지방 탓이거나 턱에 난 빈약한 다박나룻 탓인지도 몰랐다. 아니면 도수 높아 보이는 안경(언제부터 쓰게 됐을까) 때문일 수도 있었다. 하지만 유우키는 올해 서른세 살이 될 터이고 서른셋이라면 뭐 이럴지도 모르겠다고 다시 생각했다. 당연하지만 이제 소년은 아니다.

"어서 와. 여기, 금방 찾았어?"

묻자,

"바로 알겠더라. 격조했네. 이거."

하고 유우키는 세 마디를 한 번에 이어 말하고 작은 종이봉투를 내밀었다.

"뭔데?"

"몰라. 아내가 들려 줬어."

도우코는 멈칫했다. 동생이 결혼한 건 그런 내용이 기재된 주소 이전 통지문을 받아서 알고 있었지만, 알고 있는 것과 '아내'라는 말을 아무렇지 않게 입에 올리는 동생을 눈으로 직접 보는 것은 다르다.

"허, 생각보다 좁다고 할까, 평범하네, 인기 작가의 거처치고는."

거실을 둘러보며 남동생은 기분 나쁜 소리를 하고는,

"이건 뭐야?"

하고, 벽의 일부를 덮듯이 붙어 있는 커다란 모조지 앞에 서서 물었다. 도우코는 설명하고("화가 지망생 친구가 이웃에 살고 있어. 놀러 오면 그림을 그려 주는데 마침 새 종이로 바꿔 붙인 참이라서 아직 백지야.") 커피를 내렸다.

남동생은 마음이 불편해 보였다. 조촐하긴 했어도, 센세이서 널한 죽음 방식을 고려하면 어울리지 않게 평온했다고도 할 수 있는 장례 이야기를 꺼내도(미야시타 집안의 위패를 모시는 사찰에서 집행되었다. 도우코와 어머니 외에 치사코 씨 남편의 조카딸이라는 여성과, 회사 후배라는 몇몇 사람들, 게다가 어머니의 현재 동거남이 참석했다), 치사코 씨가 쓴 유서(도우코가 갖고 있길 어머니가 원했다)를 보여 주어도, 치사코 씨가 도우코와 유우키 앞으로 각각 몇백만 엔씩 현금을 남겨 주었다는 것을 전해도 전혀 표정의 변화가 없었다. 도우코의 이야기를 끝까지 듣고 나서,

"알겠어."

라고 말했을 뿐이다. 그래도 두 시간 가까이 있었을까. 커피를 두 잔 마시고, 곁들여 낸 쿠키에는 손을 대지 않은 채 도우코가 질문하면 띄엄띄엄 대답했다("아버지가 어떻게 지내고 있는지는 알

지 못해.", "숙부는 잘 계셔. 아직 독신.", "가오루 씨하고는 연하장 정도만 주고받을 뿐."). 아내의 직업이 애견 미용사라는 것이며, 어떤 여자냐면 '평범한' 여자라는 것도 그때 들었다.

평범한 여자라는 게 어떤 거냐고 평소의 도우코라면 따져 물었을 게 틀림없지만 상대가 동생이고 보니 평소처럼 될 리도 없었다. 그래서 그저,

"그래?"

하고 대답했을 뿐이다.

동생(의 아내)에게 받은 홍차를 마시면서 어쩔 수 없다고 도우코는 생각한다. 자식을 두고 집을 나간 엄마와, 동생을 두고 집을 나간 누나. 도대체 어떤 차이가 있다고 봐야 할지. 그 생각을 하면 도우코는 늘 사라져 버리고 싶은 기분이 든다.

* * *

아직 다섯 시 전이지만 사무실 창밖은 이미 어둡다. 오늘은 사적인 전화며 문자 메시지를 주고받느라 하루를 다 보내고 말았다. 시노다 도요는 아버지의 오랜 두 친구의 유족과 딱히 좋아서 연락을 주고받고 있는 건 아니었다. '뒤처리 및 제반 비용'으

로서 남겨져 있던 현금의 용도며 다음 주로 닥쳐온 납골 절차 (알아본 바로는 반드시 유골을 묻을 필요는 없고 고인이 애용하던 물건이나 추억할 만한 물건도 괜찮다기에 도요로서는 아버지 자체를 그곳에 묻을 생각은 추호도 없었지만), 유품 가운데 이번 사건의 설명이 될 만한 일기나 편지가 있었느냐의 여부 등 서로 이야기할 사항이 있어서 어쩔 수 없이 연락하는 중이다. 다만 가와이라는 남자나 미야시타의 딸이나 당최 상식이란 것이 결여되어 있어서 번번이 도요를 짜증나게 만든다. 주간지 건만 해도 그렇다. 가와이라는 남자는 요란한 사건이니 하는 수 없다 말하고, 미야시타의 딸로 말할 것 같으면 기사 자체를 읽지 않았다. 어떻게 그리 무심할 수 있는지 도요로서는 짐작도 가지 않는다. 물론 기사에는 이름이 가려져 있었지만 세 사람의 경력이 아주 자세히 나와 있어서 당사자를 아는 인간이 읽으면 누구인지 대번에 알 수 있다는데도. 덕분에 도요로서도 미야시타 치사코가 거의 한평생을 편집자로 살아왔으며 남편이 극작가였다는 것을 알게 되었고, 시게모리 츠토무의 도무지 수상쩍은 경력(출판사에서 근무하다 수입 회사 사장으로 전향하고, 클럽 지배인을 거쳐 마지막 직업은 외국인에게 일본어를 가르치는 교사)도 알게 되었지만, 그렇더라도 성가신 이야기였다. 도요는 친인척에게조차 알리지 않고 장례를 마쳤고, 앞으로 별세를 알리며 지금까지 베풀어 준 후의에 감사하는 엽서만 보낼 생각이다. 그런데도 주간지 기사와 가와이 탓에 — 그 남자는 비상식적이게도 시게모리 츠토무의 송별회인가 뭔가를 계획하고 시게모리 츠토무 주변 사람들에게 사정을 이야기하는 모양인데 시게모리 츠토무의 주변 사람들과 아버지의 주변 사람들은 일부 겹치기 때문에 — 도요 앞으로도 애도의 편지며 꽃이 도착하게 되었다. 대체 어떻게 알았는지 아버지와는 상관없는 도요 자신의 친구들 중에서도 걱정하는 전화며 문자 메시지를 주는 사람이 있을 정도다. 고맙게 여겨야 한다는 건 알고 있었다. 실제로 학창 시절 골프 동아리 동료 하나가 보내 준 문자 메시지는 너무나도 그 친구다워서, 구체적인 것은 전혀 언급하지 않고 그저 '다 정리되면 다 같이 위로할게'였기에 도요는 저도 모르게 울 뻔했다. 다만 그 친구가 알고 있다는 건 예전 동아리 동료 중 지금도 만남을 지속하고 있는 네 사람(즉 친한 친구라는 것이겠지. 도요의 인생에 그렇게 부를 수 있는 인간은 몇 안 된다)은 모두 알고 있다고 봐야 했다. 사태는 어찌할 도리없이 흘러가고 있었다.

도요는 자신이 아버지 마음에 드는 아들은 아니라는 걸 알고 있었다. 원래 무언가를 강요하는 타입의 아버지는 아니었고, 도요 자신도 반항적인 태도를 취할 만큼 기백 있는 아들은 아니어서 드러나게 대립한 적은 없었지만 그래도 그런 것은 은연중에 알기 마련이다. 체념. 어느 시기부터 아버지한테서 그게 느껴졌다. 혼자서 산속으로 이주해 버린 것도 그 체념과 관련 있었을 테고, 인간보다 고양이니 염소니 작은 새와 같은 동물에게 더 애정을 쏟았다. 익숙지 않은 육체노동과 이웃 간의 교류(라고 해도 이웃집은 꽤 많이 떨어져 있었지만)는 생각대로 되지 않은 적도 많았을 게 틀림없으련만 고집스럽게 돌아오려 하지 않았다. 그런데 도요 자신이 최근 들어 그 체념이 뭔지 알 것 같은 기분이 든다. 딸에게 있어 자신이 자랑스러운 아버지가 아님을 깨닫고 있으며 아내에게 있어 이상적인 남편과 거리가 멀다는 것도 알고 있었다. 작년에 임원이 되었기에 정년이 연장되고 사무실도 건물 맨 위층으로 옮기게 되었지만 최근엔 일이라고 하면 회의와 회식뿐이다.

도요는 컴퓨터 전원을 끄고 퇴근 준비를 시작한다. 오늘 밤도 회식이 있지만 머릿속에는 아버지의 죽음과 주간지 기사, 게다가 지긋지긋하게도 한동안은 연락을 지속해야 하는 다른 유족—가와이와 미야시타의 딸—의 태도며 말이 소용돌이친다. 오늘 밤 회식 상대가 자살한 노인 중 하나와 도요의 관계를 알

혼자서 종이우산을 쓰고 가다

65

아차릴 리는 없지만 바로 그렇기 때문에 단순한 잡담거리로써 화제에 오르지 않으리란 보장도 없다. 그런 생각이 들자 두려웠다. 쓸데없이 넓고 밝은 화장실(임원 전용이다)에서 용무를 보며 도요는 낮에 미야시타의 딸이 전화상으로 자신의 아버지를 허물없이 "간지 씨"라고 칭한 것을 떠올리고 새삼 불쾌해진다. "하지만 우리 엄마나 간지 씨나 이미 알고서 한 일 아니겠어요?" 주간지에 기사가 실린 것을 두고 만에 하나라도 정보를 누설해선 안 된다고 다짐을 놓을 생각으로 이야기하자, 읽어 보지도 않았으면서 그녀는 그렇게 말했다(그리고 그건 도요 자신의 딸이 보인 반응과 같았다).

사무실로 돌아와 머플러를 두르고 외투를 입는다. 회식 자리에는 회사 측에서 달리 두 사람이 더 갈 예정이지만 우르르 이동하는 게 싫은 도요는 늘 현지에서 합류하는 것을 선택한다. 호주머니에서 이어폰을 꺼내 귀에 꽂자 퇴근 준비가 완료되었다. 브랜델이 연주하는 하이든의 음악이 흘러나오고 도요는 그제야 거칠어진 마음이 위로받는 것을 느낀다. 피아노 소나타 마단조 34번이다. 아버지와 달리 서적에도 미술에도 흥미가 없고, 어렸을 적에 아버지가 노상 데려가고 싶어 했던 캠프나 산행도 도무지 좋아지질 않아서 아마도 아버지를 계속 실망시켰을 도요에게 클래식 음악은 아버지와 유일하게 겹치는 취미였다.

* * *

"이건 이 집의 부인으로 나이는 스물네 살이에요."

벽에 붙인 모조지에 그린 그림 앞에 서서 이웃집의 하루히짱이 말한다.

"젊은 부인이네."

도우코가 감상을 말하자,

"어머, 부인이란 대개 스물네 살이에요."

하고 의미를 알 수 없는 반론에 맞닥뜨렸다.

"이건 이 집에서 키우는 양."

다리가 돋은 덥수룩한 물체(얼굴은 없고, 색은 핑크와 오렌지를 혼합한 색)를 가리키며 설명이 이어진다.

"농가야?"

하고 묻자,

"아뇨. 남편은 회사원이고, 부인은 전업주부."

라는 대답이었다.

이웃집의 하루히짱은 다섯 살이다. 낮에는 대체로 혼자 집에 있는 도우코를 놀이 상대라기보다 가끔 상태를 봐 줄 필요가 있는 어른으로 간주하고 있는 듯 일주일 혹은 이 주에 한 번꼴로 성실하게 찾아와 준다. 집 안에 들어올 때의 인사가 매번 색달라서 "일하는 중?"이라든지 "방해되지 않아요?"라는 식으로 말한다. 엄마인 이웃집 부인(절대 스물네 살은 아니다)의 말을 흉내 내는 것인데 그게 상당한 경지에 이르러서 도우코는 웃기보다 감탄하고 만다. 엄마뿐만 아니라 수시로 놀러 오는 듯한 할머니라는 사람도 말투가 아주 똑같다. 요컨대 이웃집 여자들은 도우코가 알기에도 삼대에 걸쳐 말하는 방식이 닮았고 도우코에게 그것은 심오한 일인 동시에 무서운 일인 양 느껴진다. 말하는 방식이 흉내로 인해 배가된다면 사고방식 또한 흉내로 인해 배가될지도 모르기 때문이다. 사실 하루히짱의 언동에는 어딘가 중년 여성스러운 데가 있었다. 도우코가 새 옷으로 갈아입거나 미용실에라도 다녀오는 날에는 재빨리 알아차려 칭찬해 주고("오, 멋지다.", "잘 어울려요.") 충고를 할 때도 있다("좀 더 예쁜 색의 옷을 입는 게 어때요?"). "도우코짱은 결혼 안 해요?" 하고 묻는가 하면 "아이는 없어요?" 하고 물은 적도 있다("없어." 하고 대답했더니, "어머나, 외롭지 않아요?" 하고 다시금 물었다). 그런 말 하나하나에 놀라면서도 은근히 재미있기도 해서 도우코는 이 어린 친구의 방문을 ─ 마감 직전이 아닌 한 ─ 환영하기로 하고 있다. 딱 부러지게 말을 하는 아이(여하튼 중년 여성 같은)라서 이야기하면서 피곤하지 않고(그건 도우코도 아이라서 그렇다고 모리야는 말하지만), 아이라고는 해도 나름 바빠서(영어 교실과 그림 교실에 다니는 데다 본인 왈, 키우는 거북이도 보살펴 줘야 한다) 오래 머무는 일도 없다. 그에 더해 도우코 안에는 아마도 훼방 놓고 싶은 야망이 있었다. 흉내로 인해 배가되는(듯싶은) 사고방식 이외의 사고방식이란 게 이 세상에는 있는 것이다.

"화백님, 차 나왔습니다."

말을 걸자,

"네에."

라는 고분고분한 목소리가 돌아왔다. 하루히짱은 익숙한 모습으로 주방 의자에 기어 올라가더니 비로소 깨달은 양, 내내 울리던 라디오의 영어에 귀를 기울인다.

"블라 블라 블라. 뭘 말하는지 알 수가 없잖아."

라고 한다. 제 딴에는 씁쓸한 분위기를 내고 싶었는지 모르지만 그렇게 말한 후에 왜인지 키득키득 웃음을 터뜨리는 바람에 그 분위기는 깨져 버렸다.

* * *

　여동생의 목소리가 크다고 해야 할까 쩌렁쩌렁한 것에 와라
비다 케이는 새삼 놀란다. 어릴 때부터 그렇진 않았던 것 같은
데 적어도 성인이 된 이후에는 줄곧 그래서 전화 통화라도 할
때면 저도 모르게 수화기를 귀에서 떼어 놓을 정도다. 그렇다
보니 새삼 놀랄 일도 뭣도 아니련만 오랜만에 만나면 그때마다
몇 번이고 놀란달까 멈칫거리게 되었다. 여동생의 목소리가 이
렇듯 높고 밝아지게 된 건 언제부터일까, 하고 케이는 의구심이
든다. 어쩌면 성인이 되고 나서가 아니라 결혼하고부터였는지
도 모른다. 하지만 확실한 시기는 생각나지 않는다. 이쨌든 루
이의 목소리는 높고 밝고 쩌렁쩌렁하고, 게다가 잘 떠들고 루이
의 남편(첫 대면 때부터 구김살 없이 케이를 '형님'이라 부르고, 텔레비
전 방송국에 근무하며 체격이 좋은 50대 남자)도 잘 떠들고 중학생과
초등학생인 두 아이도 틈틈이 끼어드는 통에 식탁은 시끌벅적
했다.

　"아무튼 내가 태어났을 때도, 오빠가 태어났을 때도, 엄마가 퇴
원할 때 병원까지 차로 데리러 와 준 사람은 벤짱이었어."

　루이의 그 말이 떨어지기 무섭게 맏딸인 아이가,

"나, 그 사람 알아?"

하고 물었다.

"모르지. 너희 할아버지 친구분인걸."

그렇게 루이가 설명하고 있는 와중에,

"소 힘줄, 레오한테 줘도 돼?"

하고 아이의 남동생인 유키오가 묻는다.

"안 돼."

단박에 대답하는 루이 옆에서 남편이,

"그런데 말야, 셋이 순번은 어떻게 돌아간 걸까. 마지막 한 사람
은 자기가 자기를 쏴야 하는데, 이렇게 발가락으로 방아쇠를—."

하고 동작까지 곁들여 말하려는데,

"그, 만, 해."

하고 큰 소리로 가로막은 루이가 케이를 향해,

"그보다 어묵 맛은 어때? 엄마 솜씨에는 미치지 않을지 모르
지만, 소 힘줄, 걸쭉해졌지?"

하고 화제를 바꾸자, 케이가 대답하기에 앞서,

"응, 맛있어."

하고 남편이 대답하고,

"그러고 보니 옛날에 말린 쿠사야(염장 발효 생선_옮긴이)를 내

는 어묵 집에 갔었는데, 태풍 부는 날 둘이서."

하고 슬쩍 화제를 바꾸고, 그동안에도 뭐든 엄마에게 묻는 게 습관이 된 듯한 유키오가 "치쿠와부(밀기울을 대롱 어묵 모양으로 찐 음식_옮긴이) 한 개 더 먹어도 돼?"라느니 "물, 이거 말고 체크 컵으로 마셔도 돼?"라느니 묻고(체크 컵이란 와라비다 집안에 옛날부터 있는 컷글라스인데 그것을 '체크 컵'이라고 최초로 말한 케이로서는 그 호칭이 아직까지 이어져 내려오고 있다는 것에 남몰래 기쁨을 느꼈다),

"더우니까 에어컨 온도 좀 내려."

라는 루이 말에 아이가 곧바로,

"리모콘 어디?"

하고 물었기 때문에 루이가 짜증을 내며,

"있겠지, 어딘가에. 반드시 있을 거니까, 찾고 나서 물으렴, 찾고 나서."

하고, 그렇지 않아도 쩌렁쩌렁한 목소리를 한층 크게 높이는 형국이다 보니, 아내와 단둘이 사는(게다가 그 아내하곤 이혼을 향해 한창 이야기가 오가는 중) 케이에게는 압도적이랄까 강박적이랄까, 거의 초자연적이기까지 한 가족 생활감이었다.

자신이 지금 이혼 위기에 놓여 있다는 것을 케이는 아무에게도 이야기하지 않았다. 따라서 루이는 지금도 케이 부부가 아이 없는 연인 같은 부부의 삶을 살고 있다(루이의 말이다)고 여길 터이다. 오십 넘어 연인 같은 부부도 있을까, 하고 씁쓸하게 웃지 않을 수 없다. 그래도 바로 몇 년 전까지 자신들 부부는 아주 잘 살아왔다는 자각도 케이에게는 없지 않고, 잘 살아왔기 때문에 4년 전, 장인이 돌아가신 것을 계기로 그때까지 근무하던 회사를 그만두고 아내의 고향인 고베로 이사한 후 카페를 물려받았다(그곳에서 아내가 예전 동급생과 재회하면서 남녀 사이가 될 줄은 상상도 하지 못했다). 스스로 생각해도 의외다 싶게 카페 주인이라는 직업은 케이의 적성에 맞았다. 얼굴마담격인 팔순 장모(지금도 하루 한 번은 가게에 얼굴을 내민다)와의 관계도 양호하고, 고베라는 도시도 살기에 편하고 좋아서 이곳을 자신의 마지막 거처로 삼겠노라 작정한 케이에게는 그야말로 청천벽력과도 같은 이혼 이야기였다. 상대 남자(이혼남으로 아이 둘은 전처가 양육)에게 카페를 이을 의지는 없고, 가게는 케이에게 맡긴다고 아내는 말하고, 장모도 그렇게 해 줬으면 좋겠다고 머리를 숙였지만 그게 어떨지 몰라 케이로서는 망설이고 만다. 아내와 이혼하면 케이에게 고베는 연도 뭣도 없는 땅이고 장모는 남이 된다.

"평상복이라고 해도 말이지."

루이가 말했다. 어묵 냄비를 둘러싼 저녁 식사가 끝나고 아이

들은 각자 자기 방으로 물러갔다. 어른 셋은 소파로 자리를 옮겨 본격적으로 술을 마시기 시작한 참이다.

"이럴 때 남자들은 좋겠어. 양복이라는 만능복이 있으니까."

케이는 오늘 고베에서 도쿄로 올라왔다. 내일 열리는 시게모리 츠토무의 납골식에 입회하기 위해서다.

"상복이 좋지 않나? 납골식이니까."

케이가 말하자,

"응. 그게 무난해요."

하고 루이의 남편도 동의했다.

"무난이라. 벤짱에게 무난이라니, 뭔가 안 어울리는 것 같은데."

루이가 말하고 자신의 잔에 와인을 더 따른다. 그리고,

"오빠 기억나? 아버지 돌아가셨을 때 벤짱이 시신에 매달려 통곡했던 거."

하고 말을 이었다.

"나, 남자가 그렇게 우는 거 처음 봤어."

물론 케이도 기억하고 있었다. 하지만 이번에도 또 케이가 대답하기에 앞서 루이의 남편이 끼어든다.

"그거 나도 기억나. 깜짝 놀랐잖아, 이 사람 누구지? 하고. 아직 루이랑 결혼한 지 얼마 안 된 때라서 와라비다 이와오가 어떤 사

람인지도 잘 몰랐으니까."

케이와 루이의 부친인 와라비다 이와오는 미술 평론가이고, 시게모리 츠토무는 부친의 담당 편집자였다. 츠토무는 수시로 와라비다 집을 드나들면서 이것저것 챙기고 보살펴 주었고(초등학생이었던 케이가 개를 키우고 싶다고 했을 때 혈통서 딸린 스코티시테리어를 어디에선가 입수해 데려다주었던 사람도 츠토무였다), 어지간히 마음이 잘 맞았던 듯 그와 부친은 업무 이외에도 많은 시간을 공유했다. 그것은 그가 편집 일을 그만둔 후에도 변함없었다. 어렸던 케이에게 당시 집에서는 금지되어 있던 만화책을 잔뜩 가져다주기도 하고, 아이들 앞에서도 야한 농담을 하는가 하면 럭비 시합에 데려가 경기 규칙을 가르쳐 주기도 하는 츠토무는 재미있는 아저씨였다. 부모 자식만큼이나 나이 차가 많이 났던 사람인데도 케이나 루이나 부모님을 따라 옛날부터 벤짱이라 불렀다.

"끗발 날리던 때도 있었어."

루이가 남편에게 설명하고 있다.

"하지만 그 사업에 먹구름이 일고, 왜 있잖아, 살 빠지는 중국차인가 하는 거에 손댄 적 있지 않아?"

하고 이번에는 케이를 향해 말했다.

"그즈음부터 좀 이상하게 흘러갔지, 아마."

편집 일을 그만둔 이후의 츠토무의 직업에 관해선 케이는 잘 알지 못했다. 그래서,

"그런가."

라고만 말했는데 루이에게는 확신이 있는 듯,

"그래."

라고 단정 짓는다.

"오빠 기억 안 나? 그 중국차, 우리 집에도 몇 상자씩 갖고 와서는 루이짱 시험해 봐, 라고 했잖아. 나, 고등학생이 된 지 얼마 안 됐을 즈음이라서 조금 통통했었는데, 상처받았어."

"상처받지 마."

루이의 남편이 말하고 일어선다.

"와인 비었으니 미즈와리(위스키에 물을 섞어 마시는 방식_옮긴이)로 하자. 형님도 위스키 괜찮아요? 소주도 있는데."

케이는 위스키가 좋겠다고 대답하고, 매제에 대해 아주 오래 전에 아버지가 그 녀석 주량만큼은 인정할 수 있다고 말했던 것을 떠올렸다.

시게모리 츠토무가 돌아가셨다는 것을 케이는 여동생의 전화로 알게 되었다. 여동생은 아버지 친구였던 화가의 미망인

한테서 들었다고 했다. 이미 장례는 마쳤고 봄에 송별회가 있다는 이야기였는데 그전에 하다못해 불전에 향 정도는 올리는 게 도리다 싶었고, 안 그러면 아버지가 슬퍼할 것 같았기에 여기저기 전화로 상황을 묻다가 납골 일정을 알게 되었다. 가와이라는 인물이 그 일을 맡아 하는 모양이었다. 독경도 없고 부의도 없으니 평상복으로—. 그 인물은 전화상으로 그리 말했지만 ("아, 송별회 쪽은 회비를 받아야 하지만요." 하고 덧붙였다) 케이는 상복을 지참했다.

그토록 가깝게 지내며 온 식구가 신세를 졌는데 아버지가 돌아가신 후로 케이는 딱 한 번 츠토무를 만났다. 그마저도 벌써 몇 년도 더 된 일이다. 불려 나가 술을 마셨는데 걸핏하면 감상적이 되는 츠토무의 추억담에 질려 1차에서 마무리 짓고 말았다. 그 후에도 먼저 안부를 묻는 연락 한번 하지 않았던 것을 케이는 후회했다.

"이런 것도 있다."

얼음이며 물이며 새 잔 등을 부지런히 나르면서 루이의 남편이 가져온 것은 덩어리 치즈였다.

"그럼, 썰어야지."

하고 중얼거리며 루이도 일어선다.

"이부자리는 다다미방에 이미 깔아 뒀고, 오늘 밤은 오랜만에 마셔 봅시다, 형님."

매제의 활기찬 말을 흘려들으며 케이는 얼음 통에서 얼음 조각을 하나 집어 강아지 레오에게 던져 주었다.

* * *

여기저기에 겨울 장미가 피어 있다. 다케이 미도리는 조카딸과 나란히 걸으며 이곳이 공원묘지라기보다 그저 커다란 공원 같다고 여겼다. 땅 표면이 울퉁불퉁해서 걷기 힘들고 너무 넓어서 담당자의 인솔이 없으면 목적한 구획에 당도하는 것도, 방금 전까지 있던 사무실로 되돌아가는 것도 미도리로서는 엄두도 못 낼 일이었다. 그래도 적어도 날씨는 좋았다. 머리 위에는 겨울다운 푸른 하늘이 펼쳐지고 마른 잔디 위에는 고요한 햇볕이 내리쬐고 있다.

"저쪽 사람들, 떠들썩하네."

조카딸인 하즈키가 작은 소리로 말한다. 저쪽 사람들이란 사망한 시게모리라는 사람의 친구들로 모두 합쳐 열네다섯 명 있었다. 상복 차림인 사람도 있지만 캐주얼한 복장의 사람도 있고,

그것만으로도 눈에 띄는데 재회에 목소리를 높이거나 명함을 교환하는 탓에 전혀 상喪자리 같지 않았다. 그 가운데 한 사람, 유독 목소리가 쩌렁쩌렁한 여성이 있었다. 미도리보다도 젊어 보이건만 "벤짱이"라느니 "벤짱이라면"이라느니 사망한 노인을 거리낌 없이 벤짱이라 불러 대는 것도 귀에 거슬렸다. 하긴,

"미도리 고모, 봐봐, 복수초가 피어 있어."

라느니,

"멋진 거목! 수령 몇 년 정도일 것 같아? 봄이 되어 잎이 무성하면 근사하겠네."

라느니, 밝은 음성으로 말하는 하즈키도 별반 다르지 않을지 모르지만.

드디어 목적한 구획에 도착한 듯 마이크를 켠 담당자 곁에 사람들이 빙 둘러섰다. 옆에는 천막이 설치되어 있고 그 아래 테이블에 마실 것이 마련되어 있다. 어쩐지 피크닉 같다고 미도리는 생각했다. 마이크가 키잉 하고 소리를 낸다.

친족분, 이라는 담당자 말에 미도리는 오빠와 조카딸과 함께 맨 앞 열로 밀려나고 만다. 등에 조카딸의 손이 격려하는 듯이 살짝 얹히는 것을 느꼈다.

땅이 이미 파여 있는 것을 보고 미도리는 저도 모르게 숨을 삼

켰다. 쩍하니 입을 벌린 시커먼 땅.

"이야아, 좋은 곳이네요."

어느 틈에 왔는지 옆에 서 있던 가와이 준이치 (오빠가 노상 이름을 입에 올려서 미도리도 기억해 버렸다)가 그렇게 말하며 주변을 둘러본다.

"네에."

달리 뭐라 대답해야 좋을지 몰라 그렇게 말했지만 미도리로서는 이곳을 아버지의 묘소라고는 생각할 수 없었다. 이곳은 무언가의 통과점, 갑자기 불려 나간 경찰서라든가 오빠가 분주히 드나드는 관청 등지의 연장 선상에 있는, 자신이 왜 지금 이곳에 있는지 알 수 없는(데도 어쩔 수 없이 있게 된) 장소―. 아버지의 유골은 지난주 (진정한 49일에), 집안의 위패를 모신 사찰에 무사히 안치했다. 그래도 유언을 무시할 순 없었기에 이른바 세 노인의 약속을 기념하는 차원에서 오늘은 이곳에 아버지의 몇 안 되는 유품 중에서 애용하던 노안경을 넣으러 온 것이었다. 시노다 집안에서는 세 사람만 참석함으로써 그 소극적인 입장을 표명하는 셈이기도 했다.

"뭐라고 할까, 통풍이 좋아 보이네요, 묘석이라든가 이름이 없다는 건."

가와이 준이치의 그 말에 미도리가 놀랍게도 옆에서 하즈키가,

"그렇게 생각합니다."

하고 기세 좋게 끼어들었다.

"묘석 같은 건 필요 없다고 했어요, 할아버지는. 죽고 나서까지 그런 데 갇히기 싫다고. 게다가 앞으로도 사람은 계속 죽을 테니 묘석 같은 것에 구애받다가는 얼마 못 가 산 사람들이 있을 장소가 없어진다고."

"맞아."

가와이 준이치가 말하며 살짝 웃는다.

"사리를 아는 사람이었어요, 할아버지는."

그렇게 대꾸한 하즈키의 그 말을 듣는 순간, 오늘은 울지 않겠다고 다짐한 자신의 목에 뜨거운 것이 복받쳐 올라왔다.

* * *

스피커에서 나지막이 음악이 흘러나오고 있다. 세 명의 대표자가 앞으로 나아가 유골(땅으로 되돌아갈 수 있도록, 유골 항아리가 아니라 전용 봉투에 옮겨져 있다)이며 유품(할머니와 관련해선 그양쪽 다. 호텔에 남겨져 있던 많은 편지를 달리 어떻게 할 수도 없어 같

이 태웠기 때문이다)을 땅속에 놓아둔 참이다. 나는 어머니한테서 눈을 뗄 수가 없다. 그 가냘픈 몸매며 지나치다 싶을 만큼 짧은 머리, 팔에 건 핸드백, 동행한 남자와 나란히 쥐고 있는 연보랏빛 염주―. 할머니의 죽음을 알고 나서 앞으로 어머니와 얼굴을 마주하게 될지도 모른다고 두려워했었다. 피할 수 있다면 피하고 싶었고, 그래서 누나한테 날짜와 시간을 듣고도 장례 참석은 보이콧했다. 누나가 '치사코 씨'라고 부르는 외할머니를 나는 거의 기억하지 못한다. 그런데도 지금 이곳에 와 있는 까닭은 누나에게 약속을 했기 때문이며 나는 누나에게 부채가 있다. 수많은 언쟁, 수많은 역성. 친할머니 집에서 누나는 명백히 부당한 꼴을 당했고 어린 나이였음에도 나는 그것을 알아차리고 있었다. 알아차렸으면서 모르는 척했다. 분란이 잦았다. 새로운 생활에 순응하려 들지 않는 누나를 마음속 어딘가에서 비난했던 거라고 생각한다. 누나는 완고했다(친할머니가 말하길 '고집이 세다'). 부모님이 이혼한 후에도 외할머니는 지속적으로 나와 누나에게 많은 편지를 보냈고 생일 때는 선물도 도착했다. 친할머니가 그것을 몹시 싫어한다는 걸 알았기에 나는 그것들을 혐오하고 경멸하기로 마음먹고 손도 대지 않았지만 누나는 달랐다. 그때까지 어머니가 했던 일―매일매일의 대화,

잠자기 전에 그림책 읽어 주기, 학교에 입고 갈 옷을 고르는 일, 감기에 걸렸을 때 간병과 상처 치료— 을 친할머니가 하려 들자 누나는 거부하고 나는 받아들였다. 사소하지만 그냥 넘어가기 힘든 온갖 일, 내가 귀여움 받고 누나가 소외되는 갖가지 사건이 발생한 끝에 누나는 혼자 집을 나갔다. 내가 열네 살 때 일이다.

접수대에서 받은 흰 장미를 한 사람씩 땅 위에 바치는 의식이 끝나고, 음료가 마련된 천막 아래로 줄줄이 이동하는 동안에도 나는 어머니를 온몸으로 의식하고 있었다. 재회의, 최악의 부분은 이미 지났다는 안도감이 있었다.

"유우키?"

사무실에서 접수를 마친 내게 어머니가 다가와 말했다. 딱히 감회가 복받쳐 오른 기색도, 놀란 기색도 아니고 어딘가 신기한 듯이.

"오늘은 엄마를 위해 고맙다."

그러고 나서 그렇게 말하며 머리를 숙였다.

"난데없이, 놀라게 하고 말이지."

나는 대답을 하지 않았다. 28년 만이다. 입에 올릴 수 있는 말은 하나도 없었다. 다만 기묘하게도, 나는 그때 어머니가 사과하지 않은 것에 진심으로 안도했다.

　몇 건의 연설이 이어지고 사람들이 잡담을 즐기는 동안에도 나는 어머니를 보고 있었다. 대체 몇 살쯤 됐을까. 날마다 병원에 오는 개나 고양이의 보호자들도 그렇지만 나로서는 어느 정도 이상 넘어가면 연상의 여성의 나이를 전혀 유추하지 못한다. 떠돌이 개나 길고양이의 나이는 상당한 확신을 가지고 추측할 수 있지만.

　"덴마크! 어떤 데야?"

　누나는 아까부터 시노다 집안의 손녀와 신나게 이야기 중이다. 사망한 세 노인 중 시노다 간지가 가장 연장자이고 엽총은 그의 소유물이었던 것을 나는 주간지에서 읽어 알고 있었다.

　"보수적. 추워요. 사람들이 죄다 크고."

　"키?"

　"몸이요."

　아무리 기억나는 게 하나도 없다지만 자신의 할머니가 주간지에 오르내린다는 것은 심란한 일이었다. "밝은 사람이었다"라느니 "요리 솜씨가 뛰어났으며 종종 친구들을 대접했다"라느니, "돌아가신 남편 분을 경애했다"라느니 "애견인이었다"라느니, 누군가의 담화를 통해 알려지는 것도.

"좀 낫네. 이제 6보격으로 모조리 다시 써 봐. 그리고 기억해 둬, 제대로 된 정통 비극이란, 나오는 이가 모두 친척지간이라는 거."

희한한 음색으로 누나가 말하고, 시노다 간지의 손녀가 웃는다.

"맞아요. 그것도 토베 얀손인가요?"

"맞아. 엠마라는 등장인물이 있는데……."

마이크가 키잉, 버석버석 하고 귀에 거슬리는 소리를 내고 아까 긴 스피치("내가 그 사람과 처음 만난 건…….")를 한 남자가 다시 이야기를 시작한다.

"저도 요전 날 이곳에 사전 답사하러 오기 전까지 몰랐던 일인데 세 사람이 선택한 이 수목의 이름은 칼미아랍니다. 지금은 보시다시피 헐벗은 저목低木이 모여 있을 뿐인 스산한 풍경이지만, 봄이 되면 예쁜 꽃이 잔뜩 핀다네요. 그러니 여러분, 봄이 되면 다시 각자 방문하고, 아니, 꼭 봄이 아니라 여름에도 가을에도 겨울에도……."

아마도 마무리 인사인 듯했다. 이제 돌아갈 수 있겠구나 싶었을 때,

"유우키 군."

하고 부르는 소리가 들렸다. 목소리의 주인은 어머니와 같이 온 남자로 눈이 마주치자 심약해 보이는 미소를 띠었다. 사무

실에서 마주쳤을 때 어머니로부터는 그저 '하야시 씨'라고 소개받았을 뿐이었지만 이 남자가 어머니의 현재 동거인(일찍이 집을 버릴 만큼 돈을 처들인 상대와는 별개의 사람)이며 장례식 자리에서도 어머니 곁에 붙어 있었던 것을 나는 누나한테 들어서 알고 있었다.

"저어, 혹시 괜찮다면 말인데, 연락처를 알려 줄 수 있는지."

남자가 말했다. 어머니보다 조금 젊어 보이지만 애당초 나는 어머니의 나이를 모른다.

"오늘은, 이런 자리인 데다, 느긋하게 이야기할 만한 분위기는 아니었지만, 저 사람은 틀림없이 자네에 대해 좀 더 알고 싶었을 거야. 그런 사람이라서 자기 입으로는 말 안 하겠지만."

나는 놀랐다.

"그런 사람이라고 해도, 저 사람이 어떤 사람인지 저는 전혀 몰라서."

마무리 인사를 하고 있는 남자 뒤에 시노다 집안의 상주와 나란히 다소곳이 서 있는 어머니에게 시선을 주며 솔직하게 대답한다. 그리고 이 남자와 어머니가 함께 살고 있다는 것을 생각했다. 그래서 뭐 어떻다는 건 아니다. 나와는 상관없는 일이다.

"그럼, 저어, 이제부터 알면 좋지 않을까."

볕에 그을린 피부 말고 아무런 근거는 없지만, 어쩐지 전직 서퍼로 왕년엔 잘 나갔을 것 같은 느낌이 나는 그 남자에게 잘못은 없었다. 그렇지만,

"거절합니다."

하고, 나로서는 드물게 딱 잘라 말했다. 누나가 나를 돌아보며, '저기 애' 혹은 '잠깐만 유우키'라고 말하고 싶어 하는 듯한 얼굴을 한다. 누나와 어머니는 나와 어머니보다 가까운 관계에 있고, 따라서 이 남자와도 몇 차례 만났으리라.

"그래? 뭐, 억지로 강요할 생각은 없어."

전직 서퍼(인지 아닌지는 알 수 없지만)는 그렇게 말하고 다시 심약해 보이는 미소를 띠었다(그러자 주름이 잘 잡히는 얼굴에서 눈꼬리가 처진다).

"있다 있다. 이거 같아요."

시노다 집안의 손녀가 밝은 목소리를 내면서 누나와 내 눈앞에 스마트폰 화면을 쑥 내밀어 보인다. 그것은 칼미아 영상이었다.

"진짜 귀여운 꽃이네. 할아버지들 감각 있다."

손녀는 만족스럽게 중얼거렸다.

* * *

공원묘지에서 조카딸과, 하치오지역에서 오빠와 헤어진 미도리는 혼자서 요코하마선 열차에 올랐다. 운 좋게 앉을 수 있어서 안도했지만 열차 안은 난방이 너무 세서 외투를 입은 채로는 더웠다. 하지만 양옆 모두 이미 사람으로 메워져서 몸을 이리저리 움직여 가며 옷을 벗기가 꺼려졌다. 하는 수 없이 가만히 앉아 열차 안의 사람들을 무심코 보고 있는데 전철을 타고 있을 때의 아버지 모습이 떠올랐다. 살짝 걸터앉아 장신을 구부리듯이 웅크린 채 책을 봤다. 어딜 가든 늘 책을 갖고 다녔다. 식구들끼리 외출해도 마치 자신만 남 같은 얼굴을 하고서 이내 책을 펼쳤다. 오빠에게나 미도리에게나 자상한 아버지였고 미도리가 기억하는 한 아내에 대해서도 애정이 깊은 남편이었지만 그것들은 전부 집 안에서의 기억이며 인상이었다. 집 밖에서의 아버지를 나는 얼마만큼 알고 있었을까. 그렇게 생각하니 가슴속이 술렁거렸다. 아버지를 자신들 가족의 것이라 여겼다. 그렇다기보다— 하고 미도리는 스스로 정정한다, 지금도 그렇게 여기고 있다. 아니라는 말은 어느 누구에게도 듣고 싶지 않았다. 하지만, 그렇다면 아버지는 왜 모든 것을 혼자 결정하고 떠나 버렸을까. 눈물이 복받쳐 오를 것만 같아 미도리는 핸드백을 뒤졌다. 목 캔디를 찾아내 은박지를 벗기고 급히 입에 넣는다. 공원묘지에서 오열을 터뜨렸을 때 가와이 쥰이치에게 받은 것이다.

"인간은 우는 일과 먹는 일을 한꺼번에 할 순 없도록 만들어져 있는가 봅니다."

그렇게 말했다. 그게 사실인지 아닌지는 알 수 없었지만 내미는 사탕을 미도리가 입에 던져 넣자,

"이것도 갖고 계세요, 혹시 모르니."

하면서 나머지 사탕도 주었던 것이다.

공원묘지에는 가와이 외에도 시게모리 츠토무의 친구 및 지인이 많이 와 있었다. 사망한 세 노인 중 가족이 없는 한 사람이 가장 많은 사람의 배웅을 받았다는 건 얄궂은 일이라고 미도리는 생각한다.

유골 안치 장소에 관해 자신들이 내린 판단이 옳았는지 아닌지 미도리는 알 수 없지만 가족 묘소가 아닌 다른 곳에 묻는다는 건 생각할 수 없었다. 아버지를 누군가에게 (더구나 영원히) 빼앗기는 것만 같아서 상상하는 것만으로도 견디기 힘들다. 그래서 어쩔 수 없었다고 생각하려는데 자기 자신을 잘 설득하기가 어렵다. 사탕이 이에 부딪혀 딸그락하고 작은 소리를 냈다.

* * *

역 건물 안의 카페에서 코코아를 마시면서 나는 진동한 스마트폰을 슬쩍 본다. '납골 끝났어?' 아내가 보낸 라인 메시지였다. 테이블 밑에서 답 문자를 쳐서 보낸다. '끝났어. 잠깐 누나한테 붙잡혔는데 저녁 먹기 전까지는 들어갈게.' 늘 그렇지만 아내의 답신은 빠르다. 그리고 짧다 ('알겠어.'뿐).

"그래서 나나 동생이나 치사코 씨를 잘 안다고는 말 못 해."

누나가 하즈키(라는 것이 시노다 간지의 손녀 이름이다) 씨에게 설명한다.

"좀 더 이것저것 물어봐 뒀으면 좋았을걸 하는 거지, 이제 와서 말이지만."

하즈키 씨랑 차 마실 건데 같이 가자고 누나가 권했을 때 왜 거절하지 못했는지 모르겠다. 공원묘지에서는 왠지 모르게 젊은 사람들끼리 모여 서 있었고 누나와 하즈키 씨는 두 사람의 작가(누나가 좋아한다는 토베 얀손과, 하즈키 씨가 대학원에서 연구하고 있다는 안데르센)며 두 노인('치사코 씨'와 '할아버지') 이야기로 들떠 있었다. 흥을 깨는 것도 미안하단 생각이 들어 그대로 따라오고 말았다. 어머니며 하야시 씨와 같은 방향으로 돌아가기보다는 마음 편했는지도 모른다.

"말년에 할아버지는 아키타에서 혼자 살았어요."

하즈키 씨가 이야기하고 있다. 대학을 졸업하고 바로 유학을 간 지 5년째라고 했으니 스물일곱이나 여덟쯤 됐을, 화장기 없는 예쁜 사람이다. 리호와 동년배일 텐데 리호보다 어른스러워 보인다. 상복을 입은 탓일까. 하즈키 씨의 이야기가 이어진다.

"할아버지는 요리에는 흥미가 없어서 아침은 토스트만, 점심은 국수나 우동만 드셨어요. 그릇에는 꽂혀 있었으면서."

코코아는 너무 달아서 나는 커피를 주문할 걸 그랬다고 생각했다. 웨이터가 주문을 받으러 왔을 때 하즈키 씨가 메뉴도 보지 않고 단호하게 코코아를 주문하고, 그것을 들은 나도 왜인지 코코아가 마시고 싶어서라기보다 아무렴 이런 날에는 코코아 말고 뭐가 있으랴 하는 듯한, 근거 없는 묘한 확신에 사로잡혔던 것이다. 크림을 듬뿍 띄운 그것을 나는 이미 처치 곤란해 하고 있다.

"치사코 씨는 재밌는 사람이었어."

누나가 말했다.

"자투리 천을 좋아해서 커다란 상자에 가득 모아 뒀는데 재봉은 싫어해서 '그럼 그 천들은 다 어떻게 해요?' 하고 물었더니, '누가 아니래, 어떡하면 좋을까.'라고."

두 노인에 관한 이야기가 한차례 끝나자, 내내 잠자코 있는 나를 배려했는지 이번에는 날 향한 질문 시간이 되었다. 나이는 몇인지, 직업은 뭔지 등등 바로 대답할 수 있는 질문이 나올 때까지만 해도 좋았는데 도중에 누나가 "나도 잘 몰라." 하고 쓸데없는 말을 하는 바람에 놀란 하즈키 씨의 질문은 한층 심도 있어지고 ("왜요?", "몇 년 만인데요?", "그럼, 이번 일이 없었으면 재회하지 않았을 거란 말씀이세요?"), 앉은 자리에서 정확히 각추렴해서 계산을 마칠 즈음에는 내 코코아(의 잔해)는 식어서 굳고 표면에 막이 생겨 있었다.

어머님 연락처를 알고 싶다며 하즈키 씨가 나를 놀라게 한 건 개찰구를 지나 각자 방향(나는 요코하마선, 누나와 하즈키 씨는 쥬오선)대로 헤어지려 했을 때였다. 물론 내 알 바 아닌 것으로 정하고(애당초 나도 알지 못하기 때문에) 서둘러 인사한 후 그 자리를 벗어났다. 코코아의 단맛이 아직 가슴에 맺혀 있고 시노다 간지의 손녀는 매력적이다(그리고 누나는 수다스럽다), 라는 인상이 남았다.

*

피아니스트가 연주를 재개했을 때 시게모리 츠토무와 시노다 간지는 여자들 이야기를 하고 있었는데("어째서 그 여자와 결혼하지 않았어요?", "그건 뭐, 여러 가지 이유가 있지"), 미야시타 치사코는 전혀 다른 것을 생각하고 있었다. "나는 내 스스로 끝낼 생각이야. 아직 좀 남았지만, 그때가 오면." 하고 간지가 맨 처음 말했을 때의 일이다. 벌써 육칠 년 전이다. 장소는 간지의 아키타 집으로 세 사람은 뒷마당에 나와 있었다. 뒷마당에는 오두막이 있고, 그곳에서 간지가 키우던 염소가 마침 오두막 밖에 매어져 있었다. 사람에게 잘 길들여진 얌전한 염소로 치사코가 조심조심 다가가서 쓰다듬어도 싫어하지 않았다. 당시 간지는 두 번째 고주파 치료를 마친 참으로 겉으로 봐선 이전과 변함없이 건강해 보였다. 그래도 간지의 말이 농담은 아니라는 것을 치사코도 츠토무도 알아차렸고, 아, 그런 방법도 있나? 하고 치사코는 눈이 번쩍 뜨이는 기분이었다. 다만 츠토무가 농담조로 "그럼 나도 편승할까나, 그때가 오면."라고 말한 것에 대해 치사코는 자신이 반사적으로 "난 싫어, 그런 거."라고 대답했던 것을 기억한다. 결국 츠토무의 반응과 자신의 반응에 큰 차이는 없었다는 것을 지금은 안다. 그날 이후 오늘까지 치사코는 수도 없이 그때 일을 떠올렸다. 날씨가 좋은 여름 아침이었다. 간지가 구워 준 토스트를 셋이서 먹고 난 후였고(그냥 토스트인데 그 집에서 먹는 그 것은 늘 묘하게 맛있었다. 토스터가 아니라 전열기로 굽다 보니 수분이 날아가지 않아서 그런 거라고 간지는 말했다), 뒷마당에는 염소가 있 었다. 염소에게는 윗니가 없어서 아랫니와 위턱으로 풀을 먹는 다는 것을 치사코가 처음 안 것도 그날이었다.

"이미 시효도 다 지났으니 말해 버려요."

츠토무가 간지에게 말한다.

"스기우라 선생 사무실에 있던 그 여자애, 그 후 뭣 때문인지 그 별 볼 일 없는 배우랑 결혼해 버린 그 애는……."

그 집, 이라고 치사코는 다시금 회상한다. 비어 있은 지 오래 됐다는 이유로 간지가 설계자를 통해 파격적으로 싼 가격에 양 도 받았다는 그 아키타 집은 맨션 생활을 오래 한 치사코에게 어린 시절을 떠올리게 하는 정겨운 모양새의 집이었다. 간지가 이주한 후 10년 동안 츠토무와 함께 대여섯 번은 찾아갔을까. 평소 사용하지 않는 2층은 어둑어둑하고 먼지투성이였지만(그 리고 그 2층에 손님용 침실이 있었다) 1층은 겨울에도 따뜻하고 편 했다. 두툼한 유리가 끼워진 옛날풍의 문이며, 이전 사람의 것 을 그대로 쓰고 있다는 커다란 테이블, 진흙 묻은 채소가 상자 째 놓여 있던 부엌 쪽문이며 요즘 집에는 없는 깊은 싱크대. 선반에 많은 양의 서적과 음반이 늘어서 있고 그때그때 선물 받은 그림이며 사진이 벽을 장식했다. 치사코로서는 용도를 알 수 없는 기구와 도구(대개는 오디오와 관련 있어 보였지만 개중에는 한눈에 의료 기구임을 알 수 있는 것도 있었다)가 놓인 거실은 간지라는 사람 그 자체인 듯한 방이었다. 게다가 물론 그 뒷마당과 오두막과 염소—.

첫 번째 스테이지와 달리 이번에는 취향을 바꿔 피아니스트는 제이 팝을 이런 장소의 BGM답게 편곡하여 연주하기로 한 모양이었다. 여자들에 얽힌 츠토무의 질문을 얼버무려 넘기면서 간지는 곡이 바뀔 때마다 누구 노래였는지 기억해 내려 했다. 아예 모르는 곡이라면 그걸로 좋겠지만 대부분 들은 기억이 있고 아는 곡인 건 맞는데 제목도 가수 이름도 떠오르지 않아 애가 탔다(이노우에 요스이의 '소년시대'만은 알아맞혔다).

"그런데 말야, 오오니시 선생은 그 무렵, 치사코짱한테 엄청 집착했지?"

간지가 곡에 정신이 팔려 있는 사이 츠토무는 질문의 화살을 치사코에게 돌렸다.

"타 회사 파티라든가 술자리 등에도 자주 지명받아 끌려다녔고."

"그런 건, 축에 안 듭니다요."

치사코가 딱 잘라 대답한다.

"그런데 벤짱은 별 사소한 걸 진짜 잘도 기억하네, 감탄 안 할 수가 없어."

"내 말이."

간지가 동의한다. 세 사람 중에서 츠토무가 가장 빨리 회사를 떠났는데.

"사소한 게 아니지요. 남녀 관계는 인생의 중대사이거늘."

츠토무가 그렇게 말하고는 웨이터의 시선을 붙잡아 미즈와리를 추가로 주문한다.

문득 간지는 츠토무를 부럽게 생각했다. 여자와 관계를 가질 때마다 '중대사'로서 그 연애 사건에 힘써 왔다는 건 간지에게는 일종의 위대한 일로 생각된다. 얼마만큼의 시간과 감정을 소비하면 그런 일이 가능해질까. 그것은 많고 적음의 문제가 아니라 밀도와 성의의 문제였다. 간지 자신은 결혼을 경계로 여자들과 거리를 두어 왔다. 마음이 맞거나 어쩌다 보니 그렇게 된 여자도 있긴 있었지만, 간지는 그 여자들을 한결같이 여사친이자 아내와는 다른 종류의 사람으로 간주해 왔다. 그것이 나쁘다고는 생각하지 않지만 자신이 '중대사'를 피해 살아온 건 사실이다.

"마지막은 언제."

생각하기에 앞서 말이 입을 타고 나왔다.

"에?"

놀란 얼굴을 한 츠토무 옆에서,

"마지막 밀회라, 로맨틱하네."

하고 치사코가 중얼거리자,

"아니야, 아니, 그런 게 아니라, 그런 거 기억 못해요, 아주 옛날 이야, 다 잊어버렸지."

하고 츠토무는 과도하게 말을 거듭했다.

"아. 벤짱, 지금 거짓말했잖아."

의기양양한 얼굴로 치사코가 말하고, 그것은 간지가 곧바로 생각한 것이기도 했다. 시게모리 츠토무는 옛날부터 거짓말이 서툰 남자였다.

*

챠타니 모리야의 피부는 부드럽고 몸 어디에도 모난 곳이 없 다. 울끈불끈하니 근육이 눈에 보이는 곳도. 매끈매끈하다고 도 우코는 생각한다. 일을 마친 후의 침대에서, 배부른 고양이처럼 편안한 마음으로.

"그런데 신기하네, 도우코가 그렇게 바로 흉금을 터놓다니."

모리야가 말한다.

"뭐랄까, 격의 없는 사람이야."

도우코는 대답하고, 일으킨 상체의 가슴께까지 담요를 끌어
올린다.

"이야기하면서 전혀 피곤하지 않았어."

"옆집 아이처럼?"

모리야는 농으로 돌릴 셈이었던 모양이지만,

"맞아! 딱 그런 느낌."

하고 도우코는 순순히 대답했다. 정말 그런 느낌이었기 때문
이다. 치사코 씨의 납골식 날에 알게 된 시노다 하즈키 이야기다.

"돌아가신 할아버지를 많이 좋아했던 모양이야."

도우코는 보고한다 (보고도 도우코가 연인에게 원하는 요소 중 하나
다. 그날그날 있었던 일을 보고하거나 보고받을 상대가 있는 것과 없는 것
은 인생의 안정감이 전혀 다르다).

"하지만 우울해하고 슬퍼하기보다 할아버지의 결단을 존중한
다고 했어."

"존중."

모리야가 되풀이한다.

"냉정한 아이 같네."

"냉정."

이번에는 도우코가 되풀이하고 그럴지도 모른다고 생각했다. 차라도 한잔 하고 가지 않겠냐고 말한 건 그 아이였고, 지금 생각하니 거기에는 목적이 있었는지도 모르겠다.

"엄마 연락처를 알고 싶다고 했어."

도우코가 말하고, 셔츠만 걸치고 침대에서 나온다.

"그 아이 부모님은 치사코 씨에 대해서도 시게모리라는 사람에 대해서도 아는 게 없고, 우리 엄마는 세 사람을 다 알고 있어. 엄마가 어릴 적, 치사코 씨는 집으로 사람들을 초대하는 것을 좋아했으니까."

마시고 난 빈 맥주 캔을 주워 부엌 쓰레기통에 버리러 간다. 오늘 밤은 모리야가 돌아가고 나면 아침까지 일을 할 생각이다. 침실로 돌아오니 모리야는 옷을 입고 있던 참이었다. 신호를 알아채 준 것이다.

"도우코 어머니는 어떤 사람이야?"

침대에 걸터앉아 양말을 신으며 묻는다.

"남자 없이는 살 수 없는 사람."

도우코는 대답했다.

"그런데도 그 관계를 오래 지속하지 못하는 사람."

"진짜? 비극적이잖아."

그게 그렇지도 않다고 도우코는 생각한다. 성인이 된 이후의 자신이 보는 한 엄마의 연애는 늘 일종의 체념이 지탱해 주고, 따라서 상처 입는 것도 비극적인 것도 오히려 상대방이다, 딱하게도.

"맞다 맞다, 이거, 괜찮으면 가져가."

도우코가 부엌에서 찾아 낸 위스키 봉봉 상자를 건넨다.

"얼마 전에 편집자한테 받았는데 난 좀 안 맞아서."

"응? 그래?"

모리야는 의외라는 듯한 얼굴을 한다.

"도우코는 술도 초콜릿도 좋아하잖아."

"그렇긴 한데, 안에서 걸쭉한 액체가 나오는 건 못 먹어. 술을 같이 반죽해 만든 초콜릿은 좋아하지만."

"그럼, 바쿠스(Bacchus. 코냑이 들어간 초콜릿_옮긴이)는 못 먹어?"

"응. 러미(Rummy. 럼에 절인 건포도가 들어간 초콜릿_옮긴이)는 좋아."

그런 말을 주고받는 동안에도 모리야는 재빨리 상자를 열고 안에 든 것을 하나 꺼내 은박지를 벗긴다.

"나, 어릴 때부터 이런 거 되게 좋아해. 애초에 초콜릿이 양주 병 모양이라는 게 쿨하지 않아? 그래서 반드시 이렇게 해서 먹었어."

그렇게 말하더니 병의 목에 해당하는 부분을 살짝 깨물고 나서 과장된 몸짓으로 초콜릿 안의 위스키를 들이켜 보인다.

* * *

장례식 다음은 결혼식인가. 가와이 쥰이치는 신랑 신부를 바라보면서 정말이지 인생이란 분주한 것이라고 생각했다. 순백의 올레이스 소재이긴 하지만 짧은 길이의 미니 원피스. 그 신선한 웨딩드레스를 입은 신부는 쥰이치의 딸이다. 전처와 이혼한 후에도 딸과는 정기적으로 만났는데 딸이 사회인이 된 후론 (주로 딸의 사정상) 뜸해지다 어느덧 2년 넘게 못 만난 참에 느닷없이 결혼 소식을 알려 왔다. 실버 그레이 턱시도를 입은 장신의 신랑과는 그래서 오늘까지 딱 한 번 만났을 뿐이다. 작년 연말에 딸한테서 오랜만에 연락이 왔고, 알려 준 가게(나카메구로에 있는 세련된 일식집)로 나갔더니 이 녀석이 있었다. 양육비는

지불했어도 육아는 (이혼하기 전부터 이미) 전처에게 일임했고 성인 여성인 딸의 결혼을 운운할 입장이 아니라는 것은 알고 있는 데다 실제로 소개받은 남자는 인상 면에서 호감 가는 청년이었다. 그럼에도 전혀 기뻐할 수 없는 건 기묘하다고 하면 기묘한 일이라고 쥰이치는 생각한다. 그건 딸을 빼앗긴다거나 서운해서가 아니라 좀 더 객관적인 통양痛痒 — 그런 것이 있다고 하면 말이지만 — 인 양 쥰이치에게는 여겨지고, 눈앞에서 불행해지려 하는 인간(들)에 대해 아무것도 해 줄 수 없을 뿐만 아니라 축복해야만 한다는 불합리한 상황이 가져오는 안타까움이자 슬픔이었다. 그리고 그것은 딸이 선택한 남자가 어떤 녀석이든 마찬가지였으리라. 쥰이치가 생각하기론 모든 결혼은 시련이기 때문이며 더구나 그 시련은 영속된다는 것이 전제되어 있다.

트러플을 흩뿌린 콜리플라워 수프라는 것을 스푼으로 떠먹으면서 적어도 요리는 맛있다고 쥰이치가 기분을 전환했을 때,

"서운해?"

하고 아내가 물었다. 전처가 아니라 현재의 아내로 딸과는 두세 번밖에 만난 적이 없는데도 어쩐 일로 초대를 받았다. 나는 관련 없으니 사양할게요, 라고 말하려나 싶었더니 어찌 된 셈인지 아무 말 없이 참석해 지금 쥰이치 옆에서 수프를 먹고 있다(같은

테이블에는 물론 전처도 있다. 전처의 남동생 부부와 모친도).

"그럴 리가."

쥰이치는 대답했다.

"신부 입장 때, 긴장됐어?"

아내가 다시금 묻고, 긴장됐어, 라고 쥰이치는 솔직하게 대답한다. 그 장면에선 감상적이 되지 않는다는 건 불가능했다. 딸의 갓난아기 때 그리고 영유아 때 기억만이 되살아나는 가운데 이미 그때 모습과는 전혀 딴판인(미니 드레스를 입고 늘씬한 다리를 드러내고 있는), 거의 낯선 생물체로 여겨지는 그 딸의 팔을 잡고 천천히 걷는다는 경험은 뭔가 초현실적이었다.

신랑의 상사인지 선배인지 하는 사람의 스피치를 무심코 들으며 쥰이치는 같은 테이블의 면면을 남몰래 관찰한다. 전처도, 그 남동생 부부와 모친도 놀랍도록 예전과 변함이 없어 보인다. 물론 각자 나이는 들었지만 기본적인 분위기는 한결같다. 특히 가족이 한데 모여 있을 때 그 자리에서 풍기는 집안 냄새 같은 것 ─. 그 안에 일찍이 자신도 있었다고 쥰이치는 생각한다. 좋고 나쁨이 아니라 단지 믿어지지가 않았다. 거의 농담과 같다. 하지만 사실 쥰이치는 일찍이 그들을 알고 있었다. 저, 푸근하고 밝은 전 장모의 의외의 신랄함도, 전 처남의 심약함과 고르지 않은 치열도, 그 아내의 바지런함과 보수적인 성향도. 그러고 보니 가장 모르겠는(혹은 잘 생각나지 않는) 이가 전처인 듯한 기분도 들었다. 체형(중키에 마른 몸매)과 머리 모양(포멀한 자리에서는 으레 발레리나처럼 뒤로 잡아당겨 묶는다)도, 냉담과 종이 한 장 차이의 차분함도 옛날 그대로지만 감정이 읽히지 않는 점 또한 그대로여서 "잘 지냈어요?"라든지 "일은 순조로워요?"라든지 "츠유카짱 잘 됐네요."라든지 "지금은 어디 사세요?"라든지, 예의상 하는 인사말이라도 다양하게 건넨 전 처남 내외와는 달리 "오랜만이야."라는 한마디 외에 준이치에 대해선 입을 열지 않는다.

한편 지금의 아내로 말할 것 같으면 주눅 드는 기색도 없이 평소내로 행동하고(목하, 그림 크로켓에 몰두하고 있다) 진처나 그 가족과는 무관하기로 작정한 듯하다. 뭐, 그게 현명한 건지도 모르겠다고 여기는 반면 보통 강심장이 아니라고 놀란 것 또한 사실이다. 요컨대 어쩌면 자신은 전처에 대해서뿐만 아니라 지금의 아내에 대해서도 잘 모르고 있는지도 모른다. 하지만 그렇게 생각하는 건 너무 무서운 일이었기에 없었던 일로 하기로 마음먹는다. 식어 가는 크림 크로켓에 나이프를 넣자 중앙에서 커다란 밤(그런 게 숨겨져 있다니!)이 딱 둘로 갈라졌다.

* * *

Ja(그래), 이 냄새.

나리타에서 11시간 20분의 비행을 거쳐 코펜하겐으로 돌아온 시노다 하즈키는 기쁜 마음으로 그런 생각을 하며 걸음을 재촉한다. 공항이란 겉모습이든 기능이든 어디나 비슷비슷한데 그래도 냄새는 다르다.

돌아와 버렸네요, 할아버지.

무심코 마음속으로 중얼거리고 이번 귀국 기간 동안에 할아버지에게 말 거는 일이 완전히 습관이 되어 버렸음을 깨닫는다. 이쪽, 하고 방향까지 소리 내지 않고 중얼거리다 스스로도 조금 어이가 없었다. 이래서야 마치 할아버지를 안내하려고 드는 것 같지 않은가. 아니면 진짜 그런 걸까.

할아버지, 여기 있어요?

그건 수사 의문문이었다. 할아버지가 돌아가신 이후 하즈키는 할아버지의 존재를 늘 몸 가까이 느끼고 있기에.

입국 심사대를 통과하여 에스컬레이터를 타고 지하로 내려가 그대로 지하철에 오르면 시내까지 불과 15분이다. 하즈키는 출입문 옆에 서서 온몸으로 안도했다. 돌아왔다고 또다시 생각한다. 부모님의 배웅을 받으며 니시오기 집을 뒤로 했을 때에는 나름 아쉬웠고, 나고 자란 도쿄라는 거리도 일본이라는 나라도 결코 싫진 않지만 이렇게 돌아와 보면 그 모든 것이 무척 멀다. 지금의 자신의 생활은 모조리 이곳에 있는 것이다. 스마트폰을 체크하고 친구들에게 자신의 귀국을 짧게 알리자 때마침 노아 포트역에 도착했다.

지상으로 나오자 겨울 해 질 녘이었고 Ja(그래), 이 냄새, 하고 하즈키는 또다시 기뻐져서 바깥공기를 깊이 들이마셨다. 폐에 스며드는 한기조차 반갑다. 하숙집까지는 걸어서 오륙 분 거리다. 코펜하겐이라는 도시의 콤팩트함이 하즈키는 마음에 든다.

평소에는 자신의 방으로 직행할 수 있는 뒷문으로 들어가는데 오늘은 현관 벨을 울렸다. 비행기 시간은 전했지만 외출이 잦은 집주인이 부재중일지도 모르고, 그렇다면 뒷문으로 돌아갈 생각이었다. 문이 열리고, 곧장 형식적으로 끌어안긴다. 굽기 전의 빵 생지에 약국에서 파는 유의 화장품을 문질러 바른 듯한 이 여성 특유의 냄새가 났다.

"어서 와요, 아우고스트. 가족 분들은 어땠어요?"

전직 고등학교 교사로 미망인인 집주인은 언제 봐도 활력에 차 있다. 하즈키의 이름을 도무지 제대로 발음하지 못해서 8월이라는 의미라고 이야기해 주자, 그 즉시 조금의 망설임도 없이 아우고스트로 부르게 되었다.

"모두 잘 계셨어요. 물론 할아버지를 제외하고이지만."

농담조로 한 말이었는데 집주인은 웃지 않고,

"아무렴 그렇겠지. 정말 안됐어요."

하고, 전에도 해 준 애도의 말을 또 해 준다. 그건 당연히 예상되었던 반응이며 하즈키는 자신이 방금 전에 한 말은 집주인을 웃기려던 게 아니라 할아버지를 웃기려던 것임을 깨닫는다. 할아버지라면 쓴웃음을 지었을 터이다.

"이곳은 별일 없었나요? 뭔가 뉴스는?"

집주인은 주변 사람들의 '뉴스'에 정통해 있어서 그 질문을 받으면 기운이 넘친다.

"그야 있었지요, 여러 가지."

아니나 다를까 그렇게 대답했다.

"지금 차 끓일 테니 우선 짐부터 놔두고 와요."

샤워도 하고 싶은데 그 후라도 괜찮겠냐고 묻자 집주인은 Ja, Ja, 하고 나지막이 중얼거린다.

간접 조명만 비추는 어둑어둑한 계단을 올라가 자기 방에 당도하자 하즈키는 우선 창문을 열었다. 침대 옆에 놓여 있는 상자가 눈에 들어왔지만 굳이 다가가지 않았다. 할아버지가 배편으로 보낸 우편물이라고 아버지한테서 들어 알고 있었다. 아직은 열고 싶지 않다.

짐을 풀고 샤워를 한다. 불과 한 달 남짓 비웠을 뿐인데 좁은 욕실도 노란 샤워 커튼도 반가웠다. 이곳은 하즈키가 이 나라에 와서 얻은 세 번째 거처이며 맨 처음에 살았던 학생용 공동 주택보다 훨씬 쾌적하고, 뒤이어 살았던 우스터브로 아파트보다 집세가 훨씬 싸다.

비행기 안에서 정신없이 자느라 기내식을 놓친 하즈키는 온몸에 비누 거품을 내면서 자신이 꽤 배가 고프다는 것을 깨닫는다. 앗싸! 라고 생각한 까닭은 당장 오늘 밤에 근처 레스토랑에 갈 예정이기 때문이다(양심적인 가격에 맛이 좋고, 낯익은 웨이터들도 보고 싶었다. 게다가 그곳이라면 틀림없이 할아버지도 마음에 들어 할 터이다). 하지만 그 전에 집주인과 티타임을 갖기로 되어 있다. 선물 ─ 집주인이 좋아하는 갓파에비센(새우맛 스낵_옮긴이)과 엄마가 들려 준(엄청 무거운) 양갱 ─ 건네는 걸 잊지 말아야지. 하즈키는 스스로에게 그렇게 주의를 주고 따뜻한 물을 뒤집어쓴다.

* * *

　지금쯤 덴마크에 도착했을까. 시노다 도요는 심야의 거실에서 탁상시계의 문자판을 보면서 계산한다. 아내는 이미 침실로 물러가고 오전 한 시이니 조용한 건 당연하다고 생각하려 한다. 하지만 딸이 없는 집 안은 분명히 어제까지와는 다른 종류의 조용함에 싸여 있고 그것이 도요의 마음을 뒤숭숭하게 만든다. 하즈키는 떠들썩한 딸은 아니고 집에 있다 한들 이 시간에는 잠을 자고 있을 테니 다를 게 없으련만─.

　아버지를 생각한다. 혼자 살았던 아키타 집은 이곳보다 한층 더 조용했을 터이다. 산속이라서 밤은 깊고 어두웠으리라. 매일 밤 어떻게 지냈을까. TV를 보았을까, 책을 읽었을까, 술을 마셨을까, 음악을 들었을까. 어쩌면 그 전부를 다 했을 테지만 아무것도 하고 싶지 않을 때도 분명 있었을 테고(지금의 도요가 딱 그렇지만), 그럴 때는 어떻게 했을까. 생전에 친구나 딸 미도리와 전화로 수다 떠는 걸 좋아했던 어머니와 달리 아버지는 전화로 대화하는 것을 거북해하는 면이 있었고, 도요가 걸어도 피차 할 이야기가 금세 바닥났다. "뭐, 그럭저럭 살고 있다." 어색한 침묵 후에 대개 그런 식으로 말하고 아버지는 대화를 끝냈다. 전화를 끊고 나면 도요는 매번 묘한 쓸쓸함을 느끼곤 했다. 전화를 걸기 전보다 오히려 일을 그르친 듯한, 거리를 벌리고 만 듯한 감촉이 느껴지고 왜인지 찜찜한 마음이 들었다.

도요는 소파 옆의 작은 서랍을 연다. 가위니 손톱깎이니 주소록 같은 잡다한 물건들 밑에서 하늘색 표지의 대학 노트를 꺼낸다. 아버지가 암에 걸렸다는 것을 알게 되었을 무렵에 병원 매점에서 구입한 노트인데 인폼드 콘센트Informed Consent라 불리는 의사와의 면담 때마다 도요는 이 노트에 그 내용을 써 두었다. 발생한 암의 위치와 크기, 치료 흐름과 약 이름, 부작용과 생활상의 주의점 같은 것들이다. 그림이고 글자고 볼펜 선이 흐트러져 있다. 의사의 설명을 한마디라도 놓칠세라 부리나케 필사적으로 써 두었다. 그 모든 것을 빠짐없이 써 두기만 하면 아버지를 회복시킬 수 있다는 듯이. 페이지를 팔락팔락 넘긴 후에 도요는 노트를 휴지통에 밀어 넣는다. 이제 필요 없는 것이다. 아버지의 주치의와 마지막으로 나눈 대화가 머릿속에 되살아났다.

"아버님은 이상적인 환자분이었습니다."

도요가 아버지의 죽음을 보고하자 놀란 표정으로 애도의 말을 전한 후에 의사는 그렇게 말했다.

"지난 몇 년 동안 흐트러짐 없이 상황에 대처하셨습니다."

라고. 최근 들어 아버지에게 어딘가 이상한 기미는 없었는지 묻자 전혀 없었다는 대답이었으나,

"다만."

하고 의사는 말을 이었다.

"병에 대한 공부가 잘 되어 있었기에, 시기상으로는 깊이 고민했다는 인상을 받습니다."

처음에는 일 년에 한 번 정도였던 고주파 치료가 반년에 한 번이 되고 석 달에 한 번이 되다 보니, 이제 항암제를 쓰는 수밖에 없다고 여기던 참이었다고 의사는 설명했다. 다음 진찰일에 그것을 제안할 생각이었다고.

"그렇게 되면 외딴곳에서 혼자 생활하는 건 무리입니다. 더 이상 허용할 수 없습니다."

'허용'이라는 말을 의사는 사용했다. 필시 40대로 보이는, 도요보다 젊은 의사에게 지금껏 아버지는 허용받아 왔나 싶으니 가여운 생각이 들었다.

"저는 아직 제안하지 않았었습니다."

아버지와 자주 드나든 병원의 같은 응접실에서 의사는 강조했다.

"하지만, 아버님은 알고 있었다고 봅니다. 타이밍을 정확하게 파악하고 계셨어요."

아버지는 그 의사를 신뢰했다고 도요는 생각한다. 2차 소견을 받아 보려고 다른 병원에 모시고 간 적도 있고, 한방약이나 호메오퍼시(homeopathy. 동종 요법)를 시도해 보자고 미도리가 거의 애원했지만 결국 아버지는 맨 처음 진단을 내려 준 의사 밑에서 치료할 것을 선택했다. 그리고 최종적으로는 엽총을 선택했다.

집 안의 조용함에 압도당할 지경이 되어 마당에 면한 유리문을 연다. 아무 소리도 들리지 않았지만 신선한 바깥공기를 도요는 들이마셨다.

*

"아. 벤짱, 지금 거짓말했잖아."

미야시타 치사코 말에 시게모리 츠토무는 동요한다. 거짓말을 한 건 아니었다. 마지막으로 여자랑 잔 게 언제였는지는 기억나지 않는다. 다만 치사코가 꺼낸 '마지막 밀회'라는 말이 츠토무로 하여금 며칠 전의 일을 여지없이(그리고 또렷이) 생각나게 만들었다. 란즈와 차를 마신 오후의 일을. 란즈는 예전 제자로 현재는 일본인 남자와 결혼해 초등학생 자녀 둘을 키우고 있다. 츠토무가 그녀를 만나는 건 대략 2년 만이고 그때가 마지막이다. 춥고 흐린 날이었으며—일기 예보에선 저녁에 눈이 올지도 모른다고 했지만 결국 오지 않았다—장소는 그녀가 사는 동네—사이타마현 소카시—의 저렴한 커피 스탠드였다. 근처에 갈 일이 있어서라고 거짓말을 하고서 만났다. 두 아이의 엄마가 됐어도 란즈는 여전히 젊고 생기발랄했다. 여전히 수줍은 듯이 웃고, 츠토무를 '벤 선생님'이라 불렀다. 당시 츠토무는 몇몇 학생에게 '아버지'로 불렸는데 란즈는 절대 그 호칭으로는 부르려고 하지 않았다.

예전 클래스메이트의 소식(쿠싱은 상해로 돌아갔다, 쓰한은 도쿄에서 미용사로 일한다)이며 란즈 자신의 근황(엄마 친구들 중 한 사람을 절친으로 여기고 있다, 가끔 함께 케이크를 굽고, 큰아이는 중국어로 비교적 말을 잘하지만 밑의 아이는 아직 그다지 잘하지는 못한다, 하지만 어쨌든 둘 다 2개 국어를 구사할 수 있도록 키우고 싶다)을 묻는 동안 츠토무의 의식은 조금 옛날로 미끄러져 들어갔다. 지금은 사라지고 없는 일본어 학교의 좁고 어둑어둑한 로비(자판기만 늘어서 있었다), 마찬가지로 좁지만 형광등 불빛이 훤하게 밝았던 교실(책상도 의자도 접이식인데 덜거덕거리지 않는 건 하나도 없었다), 많은 학생의 짠할 정도로 진지한 얼굴, 얼굴, 얼굴. 아주 조금 옛날, 츠토무에게는 바로 엊그제 일 같다. 아직 일본어를 거의 못하고 남편도 아이도 없던 란즈에게는 먼 옛날일 수도 있었겠지만―.

학생들 중에는 의리가 두터운 녀석들이 있고 지금도 전화며 메일이며 연하장(더구나 항공 우편으로)을 보내온다. 그리고 그런 학생들 중에서도 란즈는 츠토무에게 특별한 존재였다. 하지만 오랜 두 친구에게 그런 이야기를 할 생각은 없었기에,

"치사코짱이야말로 무슨 일인데? 어디 들렀다 왔다며? 누굴 만나고 온 건데?"

하고 화살을 돌렸다.

"치과 의사 선생님."

치사코는 단박에 대답한다.

"치과 의사아?"

예상 밖의 상황에 츠토무는 그만 얼빠진 목소리를 냈다.

"이제 와서 이는 고쳐서 어디다 쓰려고?"

하지만 치사코는 매우 침착하게 미소 지으며,

"아니야. 치료 받으러 간 게 아니라 인사하러 들렀어, 바로 근처라서. 올해 진료는 이미 끝났는지 문은 닫혀 있었지만, 뒤편에

자택이 있거든."

하고 말했다.

"진짜 아주 옛날부터 신세를 졌거든. 물론 지금은 삼대째인 젊은 선생님이 이어받아 건물도 근사해졌지만, 나도 우리 부모님도 초대인 큰 선생님 때부터, 남편과 딸은 이대째인 작은 선생님 때부터 이에 관한 건 전부 맡긴 터라."

하고 설명한다.

"근처까지 왔으니 인사해야겠다 싶어서 백화점에 들러 '아모'를 사 들고 갔지."

"아모라니?"

하고 츠토무가 묻는 것과 동시에

"인사라면?"

하고 간지가 물었다.

"아모라는 과자. 몰라? 팥 속에 규히(求肥. 찹쌀가루에 물엿, 설탕을 넣고 반죽하여 얇은 떡처럼 만든 과자_옮긴이)가 들어 있는데 아주 맛있어."

치사코는 츠토무에게 그렇게 해설한 후에 간지를 향해 말한다.

"인사는 평범한 인사. 걱정하지 않아도 돼, 작별 비슷한 말은 하지 않았으니까."

세 사람의 테이블에 어색한 침묵이 내려앉는다. 시각은 8시가 지난 참이다.

"하지만 우습지 뭐야."

침묵을 깬 사람은 치사코 자신이었다.

"마지막에 만나는 이가 가족도 친구도 아닌 치과 의사 선생님이라니."

물론 당신네들은 별개로 치더라도, 하고 덧붙인다.

"로코짱은 어떻게 지내?"

간지가 묻고 츠토무는 반사적으로 자세를 가다듬었다. 로코란 치사코의 딸이다. 어른스러운 소녀였을 무렵, 츠토무도 간지도 만난 적이 있다. 당시엔 사이좋은 모녀지간이었지만 어느 때를 경계로 관계가 변하고, 그 변화가 악화 일로를 걷다가 이제는 절연 상태인 듯하다는 건 친한 사람이라면 모두 알고 있었다. 딸이 화제에 오르는 것을 치사코가 싫어한다는 것도. "그 애 이야기는 하지 마." 발끈하여 그렇게 말하는 소리를 츠토무도 간지도 한두 번 들은 게 아니었다.

"잘 지내겠지."

하지만 오늘은 생각 외로 차분한 음성으로 대답했다.

"여전히 남자에게 착 달라붙어 살고 있는 모양이야. 내가 아는 한, 주조 회사에 근무하는 연하의 싹싹한 남자라는 게 최신 상대. 다른 사람으로 바뀌었을지도 모르지만, 손녀한테 들은 바로는 그게 최신 정보네요."

화제를 바꿀 기회라고 생각한 츠토무는,

"그러고 보니 요전 날 신문 광고 봤어, 손녀 따님 신간 소설이 실린."

라고 말해 보았으나, 간지는,

"괜찮아?"

하고 물었다.

"괜찮아."

묻기 무섭게 치사코는 대답하고 싱긋 미소 짓는다.

"나로서는 그 애가 이해 가지 않아. 하지만 그걸로 됐어."

또다시 침묵이 내려앉는다.

치사코는 천천히 눈을 깜박였다. 말을 입 밖에 내고서야 비로소 자신이 진심으로 그렇게 생각하고 있음을 깨닫고 갑자기 유쾌한 기분이 든다. 유쾌하고 홀가분한—.

"그 애는 걱정 없어. 틀림없이 씩씩하게 살아갈 거야."

괜찮냐고 물어봐 준 간지의 얼굴을 똑바로 보고 말했다. 가게 안은 손님이 쉴 새 없이 갈마들면서 분주하지만 세 사람이 마주한 테이블은 조용하고, 어쩐지 이곳만 잔잔한 바다 같다고 치사코는 생각한다.

*

　일하기 시작한 당초, 와라비다 케이는 가게의 항상적인 더러움이 신경 쓰여 견딜 수가 없었다. 1962년 창업한 카페 '엘자'(창업주인 케이의 장인이 『야성의 엘자』라는 책에 감동받아 지은 이름)는 바닥에 리놀륨이 깔려 있는데 세제를 묻혀 닦아 봤자 티도 안 나고, 몇 번 새로 발랐다고 들은 벽지만 해도 원래 색(아마도 흰색이었으리라)을 알아볼 수 없을 만큼 누렇게 바래고 말았다. 창틀이며 그림 액자며 벽시계 같은 나무 재질은 예외 없이 끈적거리고, 여러 개 매달린 램프 셰이드로 말할 것 같으면 닦으면 닦을수록 거메지는 것 같다. 인형이라든가 모래시계라든가 유리구슬로 만든 포럼이라든가, 모형 금붕어가 담긴 어항이라든가 연예인들의 사인이 들어간 색지라든가, 아무튼 장식품이 너무 많은 것도 청소 작업을 곤란하게 만들었다. 조만간 새롭게 단장해야 되지 않을까 생각하고 있었다. 가게의 명물이라고도 할 만한 구식 카운터(디귿자형으로 안쪽에 장모가 다소곳이 앉는다)는 남겨야 할 테지만 그 외 부분은 확 바꾸어 심플하게 흰색과 갈색만으로 구성하고, 예산이 받쳐 주면 황동을 조금 곁들이고, 입구도 자동 유리문에서 중후한 나무문으로 교체하자고 내심 계획하고 있었다. 하지만 4년이란 세월이 흐르면서 어느새 케이는 이대로도 괜찮을지 모르겠다고 여기게 되었다. 아침 8시에 오픈하여 폐점 시간인 밤 9시까지 손님의 발길이 끊이지 않는 인기점이다 보니 단골손님들이 이 가게의 오래됨이랄까 변함없음에 애착을 가지고 있다는 것에 의심의 여지는 없다. 게다가 '엘사'의 명예를 위해 덧붙이자면 주방과 화장실은 충분히 청결하다.

그런 연유로 케이는 오늘도 이곳에서 커피를 내리고 있다. 원두를 가는 것 이외에 특별히 구애받을 일 없는, 굳이 말하자면 커피보다 아침을 비롯한 간단한 식사라든지 파르페나 크림소다를 찾는 손님이 많은 '엘사'의 카운터이고, 케이 외에는 무려 40년 전부터 요리를 맡아 해 주고 있는 니시다 부부와, 아르바이트생인 미사키짱, 게다가 매일 얼굴을 내미는 장모가 포진하고 있다. 작년까지는 케이의 아내도 가게에 나와 있었는데(오래된 단골손님에게는 치카코짱으로 친근하게 불리고, 최근의 단골손님에게는 젊은 여자 사장님으로 불렸다) 케이와 같이 살던 맨션을 나간 후로는 가게 근처에 얼씬도 하지 않는다.

"당신한테 맡긴 이상, 엄마의 딸인 내가 참견하는 건 아니라고 봐."

이치에 맞는 말이라는 것을 모르는 바 아니었지만, 케이로서는 그렇게 단호하게 나와도 곤란하다고 말하고 싶다. 장모도 그렇고 아내도 그렇고 고베 사람은 배짱이 남다르다, 라는 것이 케이의 감상이었다. 23년에 이르는 결혼 생활 후에 달리 남자가 생겼다며 부끄러워하는 기색도 없이 선언한 아내와, 그 말을 듣고도 얼굴색 하나 변하지 않은 채 "그만한 각오는 돼 있겠지?"라고 딸에게 딱 한마디 따져 물었을 뿐인 장모다. 케이 자신의 어머니나 여동생, 일찍이 사귀었던 여자들(우연히도 모두 도쿄 태생이다)이라면 좀 더 큰일이 벌어졌을 것이다. 큰일, 난리법석, 수탄장(愁歎場. 연극에서, 한탄하고 눈물을 흘리며 슬퍼하는 장면_옮긴이)―. 그렇게 생각하니 수탄장이 질색인 케이는 묘한 감동을 느낀다. 이런 상황에 놓여도 여전히 자신이 아내와 장모의 냉정함에 구원받고 있는 기분이 드는 것이다.

오후 3시, 가장 바쁜 점심시간이 지나고 가게 안에 손님이 달랑 두 사람 남아 있는 것을 확인하고서 케이는 뒷문을 나왔다. 그곳에 재떨이가 있는 것이다. 호주머니에서 담뱃갑을 꺼내 담배를 한 개비 빼낸다. 눈앞은 주차장이고 그 안쪽은 파친코점이다.

이 풍경도 완전히 익숙해졌다. 4년, 이라고 새삼 생각한다.

이혼해도 가게는 이대로 물려받기로 마음먹은 건 일박 이일 일정으로 도쿄에 돌아가고 나서였다. 애당초 바다도 있고 산도 있는 고베 거리가 마음에 들었고 카페 일에도 재미가 붙기 시작한 참이었다. 하지만 아내의 고백에 따른 충격과 분노가 너무 커서 도저히 유유자적하게 가게를 계속할 수는 없을 것 같았다. 사람 좋은 전 사위가 되는 건 싫었다. 게다가 고베는 작은 도시다. 아내와 아내의 남자를 어디서 마주치게 될지 알 수 없다.

도쿄에서는 여동생 집에 묵었다. 귀경이라고는 해도 본가는 진즉에 처분했고 그 거리에 케이 소유는 하나도 없다. 과거에는 대형 제약 회사에 근무했지만 개인 사정으로 퇴직하고 쉰한 살이 된 지금, 재취업할 가망도 없다.

"어렵게 생각 말고 흐름에 맡기면 되지 않을까요."

그렇게 말한 이는 가와이 준이치였다. 납골식이 끝난 후 권유받아 참석한 술자리에서의 일이다. 아직 환한 시간에 문을 연 저럼한 선술집에 일고여덟 명 있었을까. 출판사를 그만둔 이후의 츠토무에 대해 알고 싶었던 케이와, 출판사를 그만둔 이후의 츠토무밖에 알지 못하는 가와이 준이치는 피차 할 이야기가 많았다. 모르는 일일 텐데 알고 있다고 생각되는 것 또한 많고, 그것은 츠토무라는 사람이 어느 시대에서든 꾸준히 그답게 있어 왔기 때문임이 틀림없지만 여하튼 그날의 술자리는 케이로선 처음 보는 사람들뿐이었음에도 불구하고 웃음이 끊이지 않은 데다 분위기가 적잖이 달아올라(덕분에 예정한 신칸센 탑승 시간을 늦추는 지경에 이르렀다) 정신을 차려 보니 츠토무를 둘러싼 추억뿐만 아니라 자신에 관한 이야기도 띄엄띄엄 하고 있었다.

가와이 쥰이치는 자신도 이혼 경험자이며 이직의 엑스퍼트(본인 말이다)이기도 했다. '흐름에 맡기면 된다.'라는 말은 그런 쥰이치에게 일찍이 츠토무가 건넨 말이었다고 한다. 생각해 보면 츠토무라는 사람도 여러 직업을 전전하고 주거도 전전하고, 돈도 여자도 생겼다가 잃었다가, 자식은 갖지 못한 채 마지막에는 묘석조차 거부하고 여행길에 나섰다. 생생유전(生生流轉. 만물은 끊임없이 변해 간다는 뜻_옮긴이). 피차 술기운이 돌면서 케이와 쥰이치는 몇 번이고 그 말을 입에 올렸다. 마치 암구호인가 무언가처럼.

케이는 담배를 재떨이에 비벼 끈다. 머리 위에는 연푸른 하늘이 펼쳐져 있고 바람이 부드럽다. 그러고 보니 점심 전에 찾아온 장모가 기분 좋은 목소리로,

"벌써 봄이네."

라고 말했다.

"아빠, 있지?"

라고도. 아빠란 물론 돌아가신 장인을 가리키는 말로 어떤 때에 '있다'고 느껴지는 건지 케이로선 알 길 없지만 장모는 가끔 기쁜 듯이 그렇게 말한다.

* * *

갑작스럽게 죄송합니다. 시노다 하즈키라고 합니다. 지난달 하치오지 공원묘지에서 인사만 드렸던 시노다 간지의 손녀입니다. 이 주소는 도우코 씨에게 들었습니다.

어머님 일, 조의를 표합니다. 설날의 사건(이라고 불러도 될지 모르겠지만)은 기상천외하기 짝이 없는 일이라 저희 가족도 정신이 나갔었지요.

이런 메일을 드리는 게 실례가 되지 않는다면 좋겠습니다만—. 아뇨, 실례인 건 이미 자명하네요. 솔직히 말할게요. 저는 할아버지와 미야시타 치사코 씨와 시게모리 츠토무 씨의 관계에 흥미가 있습니다. 대체 어떠한 연결 고리가 있기에 세 사람이 함께 떠날 생각을 하게 됐을까요. 제가 아는 할아버지는 뭐든 혼자서 결정하고 실행해 버리는 사람이었습니다. 아키타로 이주할 때도 그랬고, 병 치료법도 그렇고, 일을 그만둘 때도, 더 나아가 할머니가 아프셨을 때도 병원이며 치료 방법을 가족과 아무런 의논도 없이 정해 버렸습니다(할아버지가 할머니를 위해 선택한 병원은 홋카이도에 있고, 병원 근처에 방을 얻어 이사한 할아버지야 어떻든, 도쿄에 있는 가족들은 할머니의 여동생들을 포함해 무척 난감해했습니다).

미야시타 씨는 어릴 때 할아버지와 시게모리 츠토무 씨를 여러 차례 만나셨다고 들었습니다. 세 사람의 관계에 대해 뭔가 아시는 게 있으면 알려 주실 수 있으신지요. 인상만이라도 상관없습니다. 아니면 뭔가 어머님한테 들은 이야기가 있다면—. 무례한 부탁을 드려 죄송합니다. 제가 미야시타 씨에게 이런 메일을 보낸다는 걸 알면 보나 마나 할아버지는 첨삭시키라고 말할 게 틀림없습니다. 그날 하치오지에서 좀 더 마음껏 이야기를 나눴으면 좋았을걸 하고 후회합니다.

시노다 하즈키

글을 두 번 되풀이해 읽고 난 미야시타 로코의 시선이 실내를 이리저리 떠돈다. 아침 햇살이 물처럼 바닥을 적시고 있는 눈에 익은 자택의 거실이다. 하치오지에서 만난 젊은 아가씨의 얼굴을 떠올리려 했지만 호리호리한 체형과 좋은 의미에서 상복이 어울리지 않는다고 생각한 것밖에 떠오르지 않았다. 간지의 손녀라고 자기소개를 받은 것은 기억난다. 얼굴 생김새에 간지와 닮은 구석이 없는지 자신이 무의식적으로 찾았던 것도.

무릎에 앉힌 고양이를 어루만지면서 컴퓨터로 눈을 돌려 다시 한번 읽는다. 너무나도 뜻밖의 메일이었다. '기상천외하기 짝이 없는'이라는 부분이 로코는 마음에 든다. 거의 알지 못하는 상대에게 이런 메일을 보내오는 배짱도.

하즈키한테서 온 것만 빼고 답 메일을 전부 발송한 후 로코는 컴퓨터를 닫는다. 대체 무어라 답장을 써 보내야 할지 알 수 없었다. 세 사람의 관계에 흥미가 있다고 하즈키는 썼다(흥미라는 말에도 로코는 호감이 갔다). 그 흥미는 로코 자신이 어릴 때부터 품어 왔던 것이기도 하다.

미야시타 로코는 결혼할 때까지 이사를 한 적이 한 번도 없었다. 그 후에는 스스로도 질릴 만큼 이사로 점철된 인생이라서 소녀 시절에 부모님과 살았던 미타카 집이 로코가 가장 오래 살았던 집인 셈이다. 단기 대학 재학 중에 임신하고 졸업과 동시에 결혼했기 때문에 20년에 지나지 않는다고는 해도 남자들을 만나기 이전의, 어느 누구의 것도 아니었던 로코의 모든 것이 그곳에 있고 추억 깊은 장소였다. 마당이 넓고 아버지가 손수 만든 새집이며 모이통, 식수대, 목욕탕이 있었다. 당시로서는 모던한 건물로 반지하 서고와 방음 피아노실이 있었다. 아버지 사후, 어머니가 왜 그 집을 처분하고 도심의 맨션으로 이주한 건지 로코는 결국 묻지 못하고 말았다. 경제적인 이유 때문은 아닌 것 같고 어머니로서도 애착이 있는 집이었음에 틀림없는데.

손님이 많은 집이었다. 극작가였던 아버지의 업무 파트너며 마작 동료, 어머니의 학교 때 친구들이며 일을 통해 만난 듯싶은 사람들, 근처에 사는 부부와 그 애견들. 그때 일을 떠올리자 로코는 신기한 기분이 든다. 그 집에 왔다가 떠나갔던 많은 사람—. 당시에는 아이 나름으로 이해했다 싶었는데 기억 속에는 어디의 누구였는지 알 수 없는 사람들도 있다. 외국인 아내와 금실이 좋아 보였던 '고바야시 씨'(여름에는 늘 알로하셔츠를 입었다)라든가, 만날 때마다 "아저씨네 산장에 언제 한번 놀러 오렴." 하고 말한 헌팅 모자가 트레이드마크였던 '코우짱'이라든가. 연령을 고려하면 아마도 그 사람들의 대부분은 이미 이 세상 어디에도 없으리라. 그리고 그중 두 사람인 '간지 씨'와 '벤짱'은 어머니와 같은 장소에 잠들어 있다.

* * *

테이블에 둔 스마트폰을 바라보면서 나는 도망갈 길을 찾고 있다. 점심시간, 아내가 싸 준 도시락을 다 먹은 참이다. 방에는 동료 의사 한 사람과 여자 미용사 두 사람이 식사를 하고 있지만 베란다에 나가면 목소리는 들리지 않으니 문제는 그 사람들이 아니다.

"그치만, 그게 보통이잖아?"

어젯밤, 아내는 어이없다는 투로 그렇게 말했다.

"할머니가 돌아가시고 그때까지 소원했던 누님과 연락하게 되고, 소원했던 사이에 당신은 결혼을 하고, 그렇다면 다음은? 아내를 소개하는 거 아냐?"

반론하지 않았던 까닭은 동의했기 때문이 아니라 그게 정말 '보통'인지 아닌지 나로서는 알 수 없었기 때문이다. 사실은 내 어머니도 만나고 싶다고 아내는 말했다. 그렇지만 이미 남이라고 내가 말하고, 나 자신도 여전히 소원한 그대로이니 그건 그것대로 좋다고.

"하지만 누님하고는 요전 날에도 차라든가 마셨잖아? 그전에는 누님 집에도 갔고."

아내는 그렇게 왈가왈부하고,

"그런데 인사도 안한다면 내가 얼마나 비상식적인 여자로 보이겠어."

하고 마무리 지었다. 비상식—. 그것도 나는 잘 모르겠다. 그렇게 따지면 내 가족 자체가 비상식적이니까.

"기타무라 선생님."

목소리가 나서 보니 간호사 한 사람이 문 앞에 서 있었다.

"하시모토 코코아짱 깨어났으니 아래층으로 내려가기 전에 봐 주세요."

귀가 찢어져 봉합 수술을 한 카발리에 킹 찰스 스패니얼 견이다.

"알겠습니다."

나는 대답하고, 사적인 전화보다 우선해야 할 사안이 생겼다는 것에 안도한다. 스마트폰을 호주머니에 넣고 빈 녹차 페트병을 휴지통에 버렸다.

내가 근무하는 동물 병원은 크다. 실제로 4층 건물 한 채를 다 쓰고 있다. 일반 진료 및 미용은 1층에서 이루어지지만 복수의 검사실과 수술실, 입원 설비는 3층과 4층에 있다 (이곳 2층에 있는 건 직원 휴게실과 특별 입원 환자를 위한 VIP룸이다). 다행히 평판이 좋아서 꽤 먼 거리에서도 환자가 온다. 상근 의사만으로 소화할 수 있는 업무량은 아니어서 요일별로 다른 병원으로부터 의사를 파견받고 있다. 그렇다 보니 작은 병원처럼 의사 한 사람이 개개의 환자(및 그 보호자)와 깊이 사귀기는 어렵지만 나는 그럭저럭 마음에 든다.

하시모토 코코아짱의 수술 후 상태는 문제가 없어 보였다. 1층에 내려가 오후 환자를 맞을 시간이다.

* * *

이런 식이었던 걸까.

반쯤 취한 머리로 도우코는 그렇게 생각한다. 초밥집의 다다미방은 미닫이문이 꼭 닫혀 있어 우리끼리 마음 편히 있을 수 있다. 소설가가 두 사람, 편집자가 네 사람, 춘하추동 계절마다 일을 떠나 마시기로 정해 놓았고 오늘이 봄의 그날이다. 모임이 발족한 건 몇 년 전이지만 도우코는 멤버 대부분과 이 일을 시작했을 때(벌써 16년 전이다)부터 교류하고 있다. 여자 넷, 남자 둘, 연령대는 30대부터 50대까지.

"'그녀의 속은 타조 같다고 나는 보고 있어.'라는 대사가 그 소설에 나오는데, 생각해 봤거든? 그게 무슨 의미 같아?"

"체격이 크고 다리가 가늘다든가?"

"그녀의 속이라니깐."

"발이 빠르다?"

"속이라고 속."

"새인데 날지 못한다?"

"그건 그럴지도."

"타조라고 하니까 말인데, 타조 알에서 항체를 추출하는 연구라는 게 있고, 장차 암에 대해서도 유효한 항체가 만들어질지 모른다는 이야기를 얼마 전에 잡지에서 읽었어."

이 면면들로 이루어진 술자리가 늘 그렇듯이 오늘도 화제는 다방면에 걸쳐져 있다. 책 이야기, 연애 이야기, 업계의 누구누구에 관한 소문, 프로 스모 경기, 운동화 성능, 각자 신변에 일어난 작은 사건─. 벚꽃 잎으로 감싼 작은 도미라든가 간과 함께 버무린 쥐치라든가 아직 어린 전어라든가, 봄의 초밥은 운치가 있고 맛있으며, 누구나 잘 먹고 잘 떠든다.

이런 식이었던 걸까.

차가운 일본주를 어느덧 술술 몸에 넣어 버리면서 도우코의 의식은 몇 번이고 그곳으로 돌아간다. 치사코 씨도 하즈키의 할아버지도 또 한 사람의 노인도 편집자였다. 일을 떠나서도 친하고 함께 술을 마시거나 여행을 다녔다. 그리고 종국에는 함께 떠나 버렸다.

"저기, 만약에, 만약에 말야……."

함께 죽자고 하면 죽을 수 있어? 그렇게 물을 생각으로 입을 열었지만 말을 채 마치기 전에 바보 같은 질문임을 깨달았다.

"미안, 아무것도 아니야."

그래서 그렇게 말하곤,

"뭐야 그게."

라느니,

"말해 봐."

라는 따위의 말을 무시하고 오징어 초밥을 날름 집어 먹고는 그 맛에 기절하는 시늉을 해 보이며 추궁을 피한다. 도우코에게 죽음은 아직 먼 무언가다. 젊은 나이에 죽는 사람도 있고 어차피 반드시 올 무언가라고 이치상으로는 알고 있지만 구체적으로 상상하는 건 어려웠다. 특히 이렇게 맛난 것을 먹고 있을 때에는.

붕장어가 나왔을 때 휴대 전화가 진동했다. 거지반 묵살하기로 마음먹고 언뜻 보니 유우키의 이름이 뜨기에 도우코는 젓가락을 내려놓았다. 남동생의 전화는 무조건 반갑다.

"네."

응답하면서 자리에서 일어난 도우코는 자신의 목소리가 술 취한 사람 같지 않은지, 평소 친구들에게 내는 목소리와 다르지 않은지 신경 쓰였다. 가게에 비치된 샌들을 꿰신고 바깥으로 나온다.

"미안, 유우키인데, 지금 통화 가능해?"

괜찮다고 대답하면서 도우코는 왜 방금 남동생은 사과를 했을까 생각했다. 습관일까. 누군가에게 전화를 걸면 우선 '미안'이라고 말하기로 했나?

"있잖아, 아내가 만나고 싶대서."

짧은 침묵이 내려앉는다. 도우코가 잠자코 있었던 건 다음 말이 있지 싶어서였는데,

"인사랄까."

하고 이어진 동생의 말은 거기서 다시 끊겼다. 초밥집 입구 옆에는 버드나무가 한 그루 심어져 있다. 일본주로 달아오른 얼굴과 머리에 와 닿는 밤공기가 상쾌했다.

"딱히 급하진 않은데 다음 주쯤 어떨까."

동생이 거기까지 말하고 나서야 도우코도 알아들을 수 있었다.

"만나고 싶다고, 나를?"

동생이 대답하기에 앞서,

"왜?"

하고 엉겁결에 질문을 거듭했으나, '인사랄까'라는 답을 이미 받았다는 게 생각났다.

"그런 건 좀 긴장되는데."

도우코가 그렇게 말하자 전화 너머 동생이 살짝 웃는 기척이 났다.

"알아."

하고 미소를 머금은 음성 그대로 말한다.

"거절해 줘도 괜찮아."

어쩜 이렇게 자상한지, 하고 도우코는 생각했다. 혼자 집을 뛰쳐나간 누나, 동생을 내버려 두고 가 버린 누나인데 이 아이는 어쩜 이렇게 자상한지.

그 자상함에 기대어 거절하려 했을 때 치사코 씨의 얼굴이 떠올랐다. "유우키하곤 전혀 안 만나니?", "옛날엔 사이가 좋았는데.", "나는 무남독녀다 보니 옛날부터 형제자매가 있으면 든든할 텐데, 하고 생각했어." 깔끔하게 가지런히 자른 흰머리와 웃을 때면 크게 올라가는 양쪽 입꼬리—.

"거절하지 않기로 할게."

희한한 대답 방식이 되었다.

"진심이야?"

"진심이야."

자신은 없었지만 가는 수밖에 없을 것 같은 기분이 들었다. 한 번 잃은 동생을 재차 잃지 않으려면 아마도 피할 수 없는 일이리라. 하지만 순조롭게 날짜와 시간을 정한 후 전화를 끊고 나자 갑자기 불안이 싹텄다. 예를 들어 지금 다다미방에 있는 사람들에 관해서라면 주량도 취미도 가족 구성도, 어디 그뿐인가 개개인의 연애 편력까지도 아는데 남동생 일이 되면 아무것도 알지 못한다. 알지 못해도 그의 아내에게 '인사'를 하는 거다.

* * *

A. S. 바이어트가 그 옛날 안데르센을 '심리적 테러리스트'라 일컬은 것에 대해 하즈키는 생각하고 있다. 안데르센이 쓰는 이야기에는 '병적인 공포에 의해 정신을 일그러뜨리는' 힘이 있다는 게 그 호칭의 근거인데 하즈키에겐 그것은 오히려 안데르센이라는 작가의 상궤를 벗어난 천진함에서 비롯된 것인 양 여겨진다. 실제로 자서전 속에서 본인이 '하나의 연극 안에서 인물이 많이 죽으면 죽을수록 나는 그 작품이 재미있게 느껴졌다.'라고 밝히

고 있듯이 안데르센은 사람을 공포에 빠뜨린다거나 사람의 정신을 일그러뜨리려 했던 게 아니라 단순히 자신도 즐겁고 남들에게도 즐거움을 주려 했던 것뿐이라고 짐작된다. 그가 살았던 시대에 그와 같은 생각이 주변인으로부터 이해받기 어려웠던 것을 하즈키는 진심으로 딱하게 생각한다. 종교에 얽힌 에피소드도 그러하다. 안데르센은 본인이 자각하기로는 경건한 크리스천이었지만, 신의 무한한 사랑을 진심으로 믿고 있었기 때문에 영원한 업화가 활활 타는 지옥의 존재를 도저히 인정할 수 없었다. 신이 인간에 대해 그토록 잔혹한 짓을 할 리 없다고 확신했던 것이다. 그래서 본인의 회상에 따르면, 학교 종교학 수업 중에 '느긋하게 일어나' 지옥 같은 건 없다고 발언하고 만다. 한마디로 성서에 쓰여 있는 것을 부정하는 발언이었다. 지금도 진화론을 인정하지 않는 사람들이 있다는데 무려 2백여 년 전의 유럽에서 성서의 내용을 (그 일부라고는 해도) 부정한다는 건 하늘을 두려워하지 않는 소업이었음에 틀림없어서 안데르센은 깜짝 놀란 종교학 교사로부터 "학력學力이 낮아도 너무 낮다."라는 말을 듣고 만다.

참으로 딱하게도. 도서관 옆에 세워 둔 자전거의 자물쇠를 풀면서 하즈키는 먼 옛날에 살다 죽은 작가 겸 시인을 위해 머리를 흔든다. 만약 지금 그가 이곳에 있다면 맥주 한잔이라도 대접하고 싶은 심정이다.

　3월. 저녁 바람은 아직 차갑지만 공기도 조금씩 누그러드는 느낌이고 하늘의 색도 지난달까지와는 확연히 다르다. 하숙집까지 이어지는 길을 자전거로 달리면서 이 동네는 정말 예쁘다고, 이미 수도 없이 한 생각을 또 했다. 그 감동은 하즈키가 처음이 땅을 밟은 5년 전과 조금도 변함없을 뿐만 아니라 가끔 느닷없이 새롭게 다가온다. 많은 녹색, 중후한 옛 건축물, 작고 귀여운(그리고 가지각색의) 모던한 건조물의 밸런스, 거리 양옆을 흐르는 운하―.

　"좋은 생각 같지는 않은데."

　대학원 2년을 마치고, 하즈키가 대학에 남아 안데르센을 좀 더 연구하고 싶다고 말했을 때 담당 교수는 그렇게 말했다. 안데르센에 관해선 이미 다 연구되어서 새로운 발견은 기대하기 어렵다는 게 그 이유였지만 솔직히 언어에 대한 걱정도 담겨 있었을 거라고 하즈키는 생각한다. 대학원 수업은 기본적으로 전부 영어로 이루어진다. 아버지의 직업 때문에 소녀 시절을 싱가포르에서 보낸 하즈키에게 영어는 불편 없이 다룰 수 있는 언어이지만 덴마크어는 그렇지가 않다. 더구나 안데르센 시대의 문헌에 쓰인 덴마크어는 하즈키가 그럭저럭 구사하는(그렇다고 여기는) 현대 덴마크어와는 상당히 다르다. 대학원생 시절에도 나름 잘 읽고 이해했다는 자긍심은 있었지만, 교수의 말에는 그것만으론 영 부족하다는 의중이 담겨 있었다. 하지만 안데르센에 대해 좀 더 알고 싶어서 이 나라에 왔다. 하즈키는 포기하지 않았고, 그때 포기하지 않길 잘했다고 지금 진심으로 생각한다. 다행히 안데르센이라는 작가에게는 달리 유례를 찾을 수 없을 만큼 많은 자료가 있다. 일기며 편지뿐만 아니라 자서전을 몇 버전씩이나(!) 써서 남겨 두었기 때문이다. 그것들을 (고생고생해 가면서라도) 원어로 읽을 수 있다는 것은 기쁨이었다(할아버지도 그런 것을 남겨 주었더라면 좋았을 텐데, 하고 하즈키는 생각한다). 실제로 안데르센의 문장에는 개성과 기묘한 생기가 있어서 이미 죽은 사람인데도 가깝게 아는 사람처럼 느껴진다.

하숙집 대문에 달린 등이 부드러운 빛을 발하고 있다. 하즈키는 정원수 뒤에 자전거를 세우고 뒷문을 열쇠로 열었다. 안에 들어가자 안쪽에서 집주인이 이른 저녁을 짓는 냄새가 났다.

"다녀왔습니다~."

목소리만 높이고 2층으로 올라간다.

시노다 하즈키 님

편지 고맙습니다(실은 메일이라고 써야 하겠지만 아무래도 편지라고 쓰고 마네요. 구세대 인간의 융통성 없음을 헤아려 주세요).

그런데 갑자기 실망시키고 말 것 같아 미안하지만 나는 이미 오랫동안 어머니와 소원하게 지내 왔기 때문에 세 사람이 그러한 결의를 한 경위나 배경에 대해선 유감스럽게도 전혀 알지 못합니다. 도움이 되지 못해 미안합니다. 어쩌면 도우코가 적으나마 도움이 될지도 모르겠네요. 말년의 어머니와 교류가 있었던 건 내가 아니라 도우코였으니까.

그런 연유로 내가 말할 수 있는 건 옛날 일들뿐입니다. 하즈키 씨의 편지에 언급되었듯이 확실히 나는 할아버님도 시게모리 츠토무 씨도 알고 있었습니다. 두 분 다 어린 내 눈에도 인상적이고 매력적인 남성이었습니다. 어머니가 그분들을 존경하고 의지한다는 걸 알았고 그분들도 어머니를 '치사코'라든가 '치사짱'이라 부르며 귀여워해 준 듯합니다. 내 아버지는 어머니를 '당신'이라고 불렀고 날 향해 어머니를 일컬을 때에는 '엄마'라는 호칭을 사용했기에 어머니가 누군가에게(더군다나 경칭 없이 친근하게 이름만으로, 혹은 어린 여자아이처럼 짱을 붙여서) 이름이 불린다는 건 신기한 느낌이 드는 일이었습니다. 그리고 당연한 일이지만 어머니는 평생 치사코이자 치사짱이었으며, 돌아가실 때에도 그러할 것을 선택했다고 생각합니다. 그러니 불효녀인 나로서는 어머니가 늘 치사코인 것을 가능하게 해 준 하즈키 씨의 할아버님과 시게모리 씨에게 그저 감사할 따름입니다.

감사라고 하면 또 한 가지. 나는 어머니와 소원해진 후에 할아버님과 몇 번 만난 적이 있습니다. 어머니와 내 관계를 걱정해서 둘 사이를 중재하려 해 주셨던 겁니다(설교도 엄청 들었지요). 통찰력 있는(너무 있어서 가끔 무서웠을 정도입니다) 다정한 분이셨습니다.

장황하게 쓰고 말았네요. 옛날이야기가 하즈키 씨를 지루하게 만들지 않았으면 좋겠습니다만.

미야시타 로코

추신

편지에 있던 '기상천외하기 짝이 없는'이라는 말, 나도 완전 동감이지만 당사자인 세 사람으로선 그 정도로 기상천외한 일은 아니었지 싶은 느낌이 듭니다.

스스로 접근한 결과라고는 해도 거의 알지 못하는 연상의 여성으로부터 온 장문의 메일을 하즈키는 그야말로 '신기한' 기분으로 읽고 나서 이 상황을 할아버지가 안다면 어떤 심정일까 상상했다. 미야시타 치사코라는 사람에 대해서도 그 따님에 대해서도 하즈키는 할아버지에게 들은 기억이 없다. 그렇다기보다 집 밖에서의 자신에 대해 — 로코 씨의 말투를 빌리면 '간지 씨'인 자신에 대해 — 할아버지는 가족에게 이야기하지 않았다. 할아버지가 하즈키에게 이야기해 준 것은 산이라든지 스키에 대해, 캠프 아궁이의 돌 쌓는 법과 같은 아웃도어라든지 건축이나 미술에 대해(특히 게르하르트 리히터에 관한 이야기는 많이 들었다), 문학과 같은 이른바 자신의 전문 분야에 대해, 그렇지 않으면 일상생활과 관련한 여러 가지(심술에 대한 보복은 연민과 경멸로 충분하다는 것이며, 남에게 해서 좋은 농담과 좋지 않은 농담의 차이, 방충망 닦는 법, 알로에로 상처를 치료하는 방법, 옥로차를 맛있게 달이는 법, 염소에게 먹여서 좋은 것과 나쁜 것을 구별하는 방법 등)였고, 생각해 보면 자기 자신에 대해 할아버지는 아무것도 이야기해 주지 않았다. 사후에 배편으로 도착한 커다란 상자만 해도 화집이나 사진집, 문고본이 들어 있었던 것 외에는 '언젠가 읽어 보렴.'이라고 쓰인 메모가 있을 뿐, 하즈키가 반은 두렵고(만약 그런 것이 있다면 감상적이 되어 버릴 게 틀림없었으므로) 반은 기대했던 것과 같은 편지 — 호텔에 남겨져 있었다는 유서처럼 사무적인 것이 아니라 안데르센 풍으로 심정을 토로한 하즈키 앞으로 남기는 편지 ―
는 들어 있지 않았다. 그래서 하즈키가 아쉽게 여기는 반면 안심
할 것도 알고 있었는지 모른다. 무섭도록 통찰력이 있었다고 미
야시타 로코의 메일에도 쓰여 있었다.

하즈키는 즉시 답 메일을 작성한다. 가족 이외에 할아버지를
알고 있는 사람이 있다는 것이 기뻤다. 그 기쁨에 기대어 척척 써
내려갔기에 잘 알지 못하는 사람 앞으로 보내는 메일로써 예의
에 맞는지 여부는 알 수 없었지만, 그런 생각을 하기 시작하면 아
무것도 쓸 수 없게 되기에 그대로 전송했다.

빵과 치즈와 햄만으로 간단히 식사하기 위해 부엌으로 내려가
자 요리 냄새만 짙게 남아 있고 집주인의 모습은 이미 없었다. 그
녀는 저녁 식사 후에 곧잘 친구 집에 건너가서 트럼프를 한다. 따
라서 친구 집에 갔거나 시민 센터에서 정기적으로 개최되는 무
료 영화 상영회에 갔을 수도 있었다.

* * *

아버지가 돌아가신 지 두 달 반이 지나고 미도리의 생활은 표
면적으로는 일상으로 돌아왔다. 일상이라고 하면 미도리의 경

우, 집안일과 병원에 다니는 일이다. 함께 쇼핑을 하거나 점심을 먹으러 갈 만한 친구도 없고 딱히 취미라고 부를 만한 것도 없다. 아직 쉰두 살인데, 하는 생각을 미도리는 최근 들어 종종 한다. 아직 쉰두 살인데 내 생활은 흡사 할머니의 그것과 같다고. 그리고 진찰권만 늘어간다. 내과, 치과, 안과, 피부과, 뇌신경외과, 심료내과(정신과+신경내과_옮긴이), 부인과—. 병원이란 데는 한 번 가기 시작하면 끝없는 여로가 되는 것 같다. 처방받은 약의 양도 늘어만 가고 이대로 복용해도 괜찮을는지 걱정될 정도다.

지금도 미도리는 조제 약국의 장의자에 앉아 이름이 불리길 기다리면서 비치된 TV를 멍하니 바라보고 있는 참이다. 오늘 진찰을 받기 위해 찾은 곳은 뇌신경외과로 평소 편두통이 있는 미도리는 이미 3년 정도 이곳에 다니고 있다. 이따금 가슴이 심하게 두근거린다고 호소했더니 오늘은 늘 먹는 세 종류의 약에 더해 새롭게 심장 약도 처방해 주었다. 그래도 효과가 없으면 심장 전문의에게 소견서를 써 주겠다고 했으니 그렇게 되면 진찰권이 또 한 장 늘어나게 된다.

심료내과에 다니기 시작한 건 최근의 일이다. 아버지가 돌아가신 후, 잠 못 드는 날이 이어져 과호흡 증세를 일으키거나 너무 울어서 토할 때도 있다 보니 남편이 억지로 데려갔다. 남편의 지인인 의사는 여러모로 잘해 주긴 하지만 그곳에서 처방받은 여러 약을 복용해도 여전히 눈물은 느닷없이 흘러넘친다. 곤란한 건 언제 어느 때 눈물이 터질지 예측할 수 없다는 점이다. 예를 들어 마당에 심은 구근 하나가 올해 처음 꽃을 피운 것을 발견했을 때라든지 슈퍼마켓에서 장을 다 보고 바깥에 나오자 비가 내리고 있었을 때 혹은 우연히 탄 택시의 운전기사의 느낌이 좋지 않았을 때 갑자기 세상이 아버지의 부재로 구성되어 있다는 감각에 휩싸인다. 그 감각은 손에 닿을 듯이 생생하고 세상 그 자체와 맞먹을 만큼 거대해서 미도리를 움츠러들게 만든다. 그러면 다리가 후들거리고 숨쉬기가 힘들어지면서 눈물이 터져 나온다.

뭔가 취미를 가져야 하는지도 모른다. 소리 나지 않는 TV 화면을 바라보며 미도리는 생각한다. 10대 무렵에 조금 배운 유화를 다시 한번 시작해 보면 어떨까. 아니면 큰맘 먹고 문화 센터 강좌를 들으러 다닐까—. 여하튼 집안일과 병원에 다니는 것 이외의 무언가가 자신에게는 필요하다는 생각이 든다.

드디어 이름이 불리고 약을 받아 바깥으로 나왔다. JR역까지는 걸어서 12분 거리다. 가는 도중에 있는 중화요리점에 미도리는 늘 마음이 끌리지만(가정적인 분위기가 나는 가게인데 거꾸로 걸린 '福'자 장식이 사람을 손짓해 부르는 것처럼 느껴진다) 혼자 들어갈 배짱이 있을 리도 없고 다음번에 남편한테 같이 가 보자고 해야 겠다고 병원에 올 때마다 생각한다. 하지만 남편의 성격으로 미루어 볼 때 중국요리라면 어디어디가 맛있다느니 편하다느니 하는 이유로 단골집을 선택할 게 뻔하다는 것도 미도리는 알고 있었다. 아마도 나는 평생 이 가게에 들어갈 일이 없으리라. 예상이라기보다 확신에 가까운 마음으로 미도리는 생각한다. 그리고 그렇게 생각하는 건 묘하게 편안했다.

* * *

TV를 보면서 식사하는 것에 도우코는 익숙지 않다. 하지만 그게 일반적인 건지도 모른다. 여하튼 남동생 유우키는 오늘 약속에 관해 일반적이라는 말을 연발했으니까.

우선 장소 문제가 있었다. 남동생 내외를 만날 날짜와 시간을 정했을 때 장소는 남동생 집 아니면 어딘가 가게이겠거니 하고 도우코는 혼자 속단했었는데 지정받은 곳은 남동생의 처갓집이었다. 전화 너머 유우키는 나직한 목소리로 "아무래도 결혼했으니까, 온 가족이 함께하는 게 일반적이지 싶어."라고 설명했다. 게다가 어제 '내일, 잘 부탁합니다. 일반적인 복장으로 부탁합니다. 방문 선물 같은 것도 일반적인 게 좋으니까.'라는 라인 메시지가 도착했을 땐 도우코는 정말 겁이 났다. 마침 섹스를 하러 와 있던 모리야에게 일반적인 복장이 어떤 복장인지, 일반적인 방문 선물이란 게 뭔지 당황하며 물어 버렸을 정도다 (방문 선물에 관해선 '과자'라고 즉답해 주었지만 복장에 관해선 모른다는 대답이었다). 모리야는 도우코의 낭패한 모습을 재미있어하면서 매직미러 너머로 보고 싶다느니 반려동물로서 따라가고 싶다느니 실없는 소리를 해서 도우코를 화나게 했다. 그러나 막상 이 자리에 와 보니 재미있어해도 좋으니까 모리야가 옆에 있어 주었으면 하는 마음이었다.

TV에서는 연예인이 지방에 가서 향토 요리를 열심히 먹는 프로그램이 방영되고 있다.

"어떤 책을 쓰고 계시나요?"

라든가,

"부모님은 지금 어떻게 지내시는지."

라든가, 파상 공격과도 같이 밀려드는 질문 하나하나에 대답하면서 닭날개 구이며 껍질째 삶은 토란 요리 따위를 입으로 가져가던 도우코는 자신이 이렇게 일면식도 없는 사람의 집에 초대받았다는 현실에 등골과 꼬리뼈가 스멀스멀거리는 듯한 위화

감을 느낀다. 다만 그와 동시에 유우키는 이 사람들과 이미 몇 년 전부터 친척 간의 교류라는 것을 해 왔구나 싶어 남동생에 대해 존경의 마음도 품게 되었다.

"좀 더 들어요."

남동생의 장모가 말하고, 도우코는 "고맙습니다." 하고 대답한다. 건포도 들어간 당근 샐러드라든가 돼지고기 조림이라든가 요리는 잇달아 나오는데 큰 접시에 담겨 있어서 미처 손을 뻗을 기회를 잡지 못하고 있는 사이 앞 접시에 듬뿍듬뿍 덜어지는 일이 반복되고 있었다. 그런 와중에 도우코는 남동생의 아내를 관찰한다. 리호라는 이름의 그 여성은 작은 체구에 말수는 별로 없지만 말을 할 때면 어미가 캐쥬얼해서 "~다 뭐."라느니 "~다요."라느니 "~인 걸?"이라느니 어린아이 같은 말씨를 쓴다. 야무지고 반듯하게 생긴 얼굴은 다소 기가 세 보이는 인상을 준다. 요리를 내오거나 빈 접시를 거둬 가는 등 부지런히 일한다. 유우키를 "당신"이라 부르고 부모님은 "아빠", "엄마"라 부른다(도우코는 아직 그 어떤 호칭으로도 불리지 않았다). 그리고 자신의 친정집이니 당연한지도 모르겠지만 도우코 눈에 리호는 느긋해 보였다. 약간 지나치게 느긋한 듯이.

도우코로서는 이 여성과 남동생의 로맨스를 상상하기가 어려웠지만, 그럼 어떤 여성이라면 상상할 수 있을는지 자문해도 답은 나오지 않는다. 자신은 성인이 된 이후의 유우키에 관해 아는 것이 하나도 없다고 또다시 생각했다. 초등학생 무렵, 남동생이 스모 경기 성적을 표시하고 있던 것은 기억나고, 선물 받은 현미경을 애지중지했던 거며 소프트 아이스크림의 바닐라도 초콜릿도 좋아하면서 믹스는 맛이 섞여서 싫다고 했던 것도 기억나지만—.

여하튼 남동생의 새 가족은 선한 사람들 같았다. '드디어 유우키 씨 가족을 만나게 되어 기쁘다.'라는 의미의 말을 장모는 몇 번이고 해 주었고, 그때마다 "할머니의 그 일이 없었다면 못 만났을 것이야."라는 말을 덧붙이지 않고는 못 배기는 듯한 장인만 해도 "남동생은 훌륭한 청년입니다."라고 유우키를 칭찬해 주었다(차츰 술이 돌면서 "아이고, 하지만 할머니의 그 일에는 깜짝 놀랐어. 설에 이 자리에서, 딱 이 TV로 뉴스 속보를 보고, 그때는 설마 우리랑 관련 있는 사람인 줄은 꿈에도 몰랐으니까." 하고 몇 번이고 치사코 씨의 부보를 언급하는 데에는 두 손 들고 말았어도).

권하는 대로 먹고 마시고, 식후에 등장한 족자 ('값어치 있는 건지 아닌지는 몰라도')를 감상하고, 도우코가 남동생 내외와 함께 그 집을 나선 때는 10시 지나서였다. "근처니까 잠깐 집에 들렀다

가지 않을래요?" 하고 말해 준 남동생의 아내에게는 미안한 마음이 들었지만 도우코의 사교 능력은 슬슬 한계를 맞이하고 있었다. 그래서 다음 날 아침 일찍부터 일이 있다고 거짓말로 둘러대며 거절했다.

역까지 바래다주겠다는 동생 내외와 밤길을 걷는다.

"진짜 결혼했구나."

차분한 목소리가 나왔다.

"굉장해."

결혼의 무엇이 굉장한지 알 수 없었지만 남동생이 그것을 했다(지금도 진행 중이다)는 것은 도우코에게는 놀랄 만한 일로 여겨진다.

"누님은?"

동생의 아내가 불쑥 물었다.

"누님은 만나는 사람 없으세요?"

너무도 사적인 질문과 누님이라는 호칭 중 어느 것에 자신이 당황했는지 알 수 없다. 알 수 없지만 아무튼 도우코는 당황해서 대답 대신 묵살이라는 실수를 저질렀다. 못 들은 척하면서,

"이 부근, 멋진 저택이 늘어서 있네."

라고 말한 것이다. 그 결과,

"죄송해요, 물으면 안 되는 거였나요?"

하고 거듭 괜한 말을 듣는 처지가 되었다. 침묵을 유지하는 남동생이 난감해하는지 재미있어하는지 도우코로서는 판단이 서지 않는다.

* * *

비가 내리고 있다. 가게에는 손님이 한 사람도 없다. 눈 깜짝할 사이에 이렇게 되고 말았다. 신종 바이러스인가 뭔가 때문이다. 예정되어 있던 동유럽행 구매 여행(이라 해도 절반은 친구들을 만나러 가는 여행이다. 쥰이치에게는 체코와 헝가리에 친구가 있다. 모두 고령의 부부로 오랜만의 재회를 기대해 주고 있었다)은 연기하지 않을 수 없었고, 이미 안내장을 보내 버린 '츠토무 씨를 기리는 모임'도 중지 결단에 내몰리고 있다.

바이러스. 그런 것이 찾아올 줄은 상상도 못했다. 하지만 찾아왔다. 가게에 손님이 오지 않는 것을 제외하면 쥰이치의 생활에 변화는 없다. 여전히 7시 기상, 9시 지나 자전거로 출근, 11시 개점 8시 폐점, 점심에는 아내가 싸 준 도시락을 먹고 저녁은 상점가에서 적당히 뭔가 집어 먹고 나서 귀가한다. 그렇지만 바깥에는 확연히 불온한 공기가 감돌고 TV를 켜면 온통 그 뉴스뿐이라서 아내는 겁을 먹고 거의 집 밖으로 한 걸음도 나가지 않는다.

츠토무 씨도 살아 있었으면 좋았을 텐데 하고 준이치는 생각한다. 좀 더 오래 살았더라면 이 이상 사태를 목격할 수 있었을 텐데. 옛날부터 츠토무는 이상 사태를 재미있어했다. "굉장한 일이 일어나는군, 하지만." 큰 사건이 일어날 때면 그런 식으로 말했다. 준이치는 서랍을 열고 츠토무한테서 온 엽서를 꺼낸다. 아름답다고도 일컬을 만큼 섬세하고 부드러운 글씨는 현재의 바이러스 소동 따위 알지 못하는 사람이 쓴 것이다.

폐를 끼쳐서 미안하네. 고개 숙여 깊이 사과할게. 이런 말 할 처지가 아닐지도 모르지만 내가 생각해도 재미난 인생이었던 것 같아. 다시 만나세. 뭐, 저세상이란 데가 있다면 말이지만.

츠토무

그동안 너무 여러 번 바라본 탓인지 언어의 의미는 희미해지고 글자만이 그림처럼 존재한다. 자신이 잘 아는 츠토무가 서랍에 들어 있는 것 같다고 준이치는 생각한다.

바이올렛 피즈를 주문한 건 일시적인 기분 때문이었다. 벌써 몇십 년 넘게 입에 대지 않았다. 젊은 시절에 이름을 알고 난 후 세련됐다고 여겨 한때 열심히 마셨다.

"지금도 있네, 이런 칵테일."

다분히 젊은 아가씨가 좋아할 만한 예쁜 색과 이름을 지닌 그 음료를 자신과 같은 할머니가 주문해 버렸다는 것이 부끄러워서 치사코는 변명처럼 그렇게 말해 본다.

"응?"

츠토무는 치사코의 손맡을 힐끗 보고,

"그러고 보니 요즘 안 보이네."

하고 중얼거린다.

"안 마시지 않나, 요즘 사람은 그런 거."

"그럼, 뭘 마시는데?"

질문한 치사코도 질문 받은 츠토무도 웃고 말았던 까닭은 자신들이 동시에 가게 안을 둘러보았기 때문이다. 대충 훑어본 바로는 남자는 미즈와리를, 여자는 와인을 마시는 사람이 많다. 장소 때문인지 섣달 그믐날이라서인지 샴페인도 인기가 있어 보인다.

"어쩐지 몰개성적이고 시시하네."

치사코가 감상을 말하자,

"그런 말 해서 뭐 하나, 남이 마시는 건데."

하고 츠토무는 말했다.

"어쩔 수 없는 사람이네."

라고. 그 말투의 무언가가 치사코를 안심시킨다. '어쩔 수 없는 사람'은 물론 칭찬의 말은 아니지만, 츠토무가 입에 올리자 그리 나쁘지 않은 의미로 들린다.

"저기, 벤짱은—."

치사코는 큰맘 먹고 입을 열었다. 어쩐지 간지 앞에서는 묻기 힘들었는데 지금 간지는 자리를 비운 참이다.

"간지 씨가 처음에 계획을 말했을 때 어째서 곧바로 '나도'라고 했어?"

묻고 나서 이내 물어선 안 되는 거였는지도 모르겠다고 생각했다. 이유야 어쨌든 의지에 대해선 서로 몇 년에 걸쳐 확인해 왔기에. 그러나 츠토무는,

"어째서고 뭐고, 나는 이미 끝났으니까."

라고 시원스레 대답했다.

"그전부터 나도 생각했었고 말이지. 혼자서 쥬카이(후지산 근처에 있는 일명 자살의 숲_옮긴이)를 헤맬까, 방에서 목을 맬까."

치사코는 놀란다.

"그래?"

"응."

츠토무는 미소 짓는다.

"그래서, 두 사람한테는 미안하지만 나는 완전히 편승."

돈도 없고 말이지, 하고 시원스레 덧붙인다. 아닌 게 아니라 츠토무의 경제적인 핍박 상태는 보기에 딱할 정도여서 치사코와 간지의 여러 번에 걸친 원조도 임시변통밖에 안 되는 것 같기는 했다.

"하지만, 돈 따위."

말을 이으려던 치사코를 츠토무는 가로막는다.

"촌스러운 말은 하지 않기. 선택할 수 있는 건 '언제'냐는 것일 뿐, 그건 만인에게 공평하게 오는 거니까."

치사코는 입을 다물었다. 맞는 말 같았기 때문이다. 그리고 '나는' 하고 속으로 말한다. 나는 돈은 있지만, 돈이 있어도 갖고 싶은 게 없어져 버렸어. 갖고 싶은 것도, 가고 싶은 곳도, 보고 싶은 사람도, 이곳엔 이제 하나도 없어.

연보라색 칵테일은 달고 진하고 어쩐지 쓸쓸한 맛이 났다.

"비 올 적의 달님이라는 동요가 있지."

문득 생각나서 치사코는 말했다.

"난 있지, 어릴 때 그것을 달님이 시집가는 노래라고 생각했어."

"아니야?"

그 질문에 치사코는 놀란다.

"아니야, 시집가는 건 평범한 새색시. 비가 오니까 달님은 구름 뒤에 숨어 있어."

"응."

뜨뜻미지근한 맞장구에 치사코는 약간 김이 빠진다.

"벤짱, 이 노래 몰라? 노구치 우조 작사, 나카야마 신페이 작곡. 유명한 곡이야."

알고 있지만 가사는 잘 기억나지 않는다고 츠토무는 대답했다.

"그런데 평범한 새색시라는 게 무슨 의미야?"

"평범한 새색시는 그냥 보통의 새색시야."

치사코는 설명하려 한다.

"하지만 나는 그게 달님이라고 생각했다는 이야기. 달님은 언제든 밤하늘에 외따로 혼자 있으니까, 시집갈 때도 혼자려니 상상했다는, 단지 그런 이야기."

154

말을 마치고 치사코는 다시 칵테일을 한 모금 홀짝인다. 여전히 달고 진하고 어쩐지 쓸쓸한 맛이 났다.

* * *

세면대 거울 앞에서 간지는 자신이 더없이 침착하다는 것에 조금 놀란다. 좀 더 감상적이 될 거라고 예상했는데 죽음을 앞에 두고 아무런 감회도 일지 않는다. 술을 마셨는데 취하기는커녕 여느 때 없이 정신이 말똥말똥했다. 거울 속 얼굴에는 공포도 없지만 안도도 없고, 자신의 얼굴인데 남과 같은 눈으로 그저 무표정하게 이쪽을 바라보고 있다. 물이 차갑다. 지금의 자신은 가족보다 친구들보다 이 물과 가까운 관계에 놓여 있다고 느낀다. 가늘게 굼실거리며 수도꼭지에서 흘러내리는 차가운 물을 간지는 아름답다고 생각했다. 어둑어둑하고 떠들썩했던 바 안과는 대조적으로 이곳은 밝고 조용하다.

집을 처분하고 나서 느꼈던 뜻밖의 홀가분함을 간지는 지금도 기억한다. 그것은 거의 육체적인 쾌락에 가까워서 의식이 아니라 피부와 뼈와 내장이 해방된 듯한 느낌이었다. 질병으로부터의 해방일 뿐만 아니라 모든 과거로부터의 해방. 그때는 이미 죽음이 시작되고 있었다.

　몇 가지 선택지 중에서 엽총을 선택한 건 츠토무였다. 고통을 오래 끌고 가고 싶지 않다며(지근거리에서 확실하게 해 달라는 주문도 달았다), 게다가 한 방 쾅 때리면 이 세상에는 노인도 살고 있다는 것을 세상 사람이 떠올릴지도 모르고 말이지, 라고 말하며 웃었다. 자신에게는 없는 그 발상을 간지는 너무나도 츠토무답다 싶었지만 그때만 해도 아키타 집에서 남몰래 실행할 생각을 갖고 있었다. 하지만 발견이 늦어져 부패하는 건 싫다고 치사코가 주장했다. 그래서 지금 간지는(그리고 치사코도 츠토무도) 이곳에 있다.

　간지는 먼저 간 아내를 생각한다. 혼자서 멋대로 가 버렸다. 저세상의 존재 따위 믿지는 않지만, 그래도 이제 나도 그쪽으로 간다고 말하고 싶었다. 죽은 아내도 죽은 친구들도 부모님도 이 수돗물처럼 지금의 자신과 가까운 존재라는 기분이 든다. 아마도 자신은 이미 절반 죽어 있는지도 몰랐다.

　바Bar로 돌아오자 화장실에 가기 전과 화제가 바뀌어 있었다.

　"그럼 그, 고삐 밑에서 보고 있는 건 누구야."

　츠토무가 묻고,

　"그야, 말馬이지."

하고 치사코가 대답한다.

"고삐를 잡혀 있는 건 말이니까."

무슨 이야기인지 알 수 없었다. 간지는 원래 자리에 앉아 손목시계를 본다. 마침 9시가 다 되어 가는 참이었다.

*

답장 감사합니다. 할아버지에게 통찰력이 '너무 있어서 가끔 무서웠다'라는 건 어쩐지 알 것 같습니다. 저는 응석받이로 자란 손녀라서 야단맞은 기억은 없지만, 그래도 거짓말을 하거나 허세를 부린다든지 할 때마다 꿰뚫어 보는 듯한 느낌이 들곤 했습니다. 어머님이 이름으로 불려서 '신기한 느낌'이 들었다는 말씀도 너무 잘 알 것 같습니다. 저도 로코 씨(라고 해도 괜찮을는지요)나 가와이 씨가 할아버지를 '간지 씨'라고 부르는 것을 듣고 신기한 느낌이 들었습니다. 우리 집에서는 부모님 모두 할아버지를 '아버지'라고 불렀고, 고모는 '아빠'라고 불렀습니다. 돌아가신 할머니는 할아버지에게 직접 말을 걸 때에는 '당신'이라 칭하고, 다른 사람에게 말할 때는 '그 사람'이라고 칭했습니다. 저, 아무려나 좋은 이야기를 쓰고 있네요. 하지만 저는 '할아버지'도 '아버지'도 '당신'도 아닌 '간지 씨'였던 할아버지를 한 번이라도 좋으니 멀리서 보고 싶었는데, 하고 생각합니다. 왜 멀리서이냐면, 가까이 가면 틀림없이 할아버지는 곧바로 '할아버지' 맛이 나 버려 순수한 '간지 씨'는 아니게 되고 말 테니까요.

게다가 치사코 씨와 시게모리 씨도 만나 보고 싶었습니다. 도우코 씨는 치사코 씨를 '재미있는 사람이었다'라고 하셨습니다. 재봉 일을 싫어했으면서 자투리 천을 잔뜩 모아 두셨다는 에피소드며 '초'자가 붙는 애견인으로 인간보다 개를 훨씬 좋아한다고 공언하셨던 이야기들을 듣고, 치사코 씨를 만나면 틀림없이 저는 그분을 좋아하게 돼 버렸을 거라고 멋대로 상상합니다. 로코 씨에게 치사코 씨는 어떤 어머니셨을까요.

맞다, 맞다. 다른 이야기인데 저는 지금 도우코 씨가 쓰신 소설을 읽고 있습니다(공원묘지에서 만났을 때 소설을 쓰고 계신다는 걸 알고 읽어 보고 싶단 말을 했는데 의리 있게도 그걸 또 잊지 않고 보내 주셨습니다).『소회와 주개』라는 책으로 아직 절반 정도밖에 못 읽었지만 무척 재미있습니다.

시노다 하즈키

시노다 하즈키 님

편지 고맙습니다. 젊은 분한테서 편지를 받을 기회가 없다보니 기쁘게 배독하였습니다.

내게 어머니가 어떤 어머니였는지 물으셨는데 좋은 어머니였다고 대답할 수밖에 없습니다. 그 시절에는 드물게 꾸준히 직업을 갖고 있었음에도 집안일에 육아까지 열정적으로 해내는 사람이었습니다(확실히 재봉은 서툴렀지만).

도우코에게 들었는데 덴마크에 사신다죠. 대학에서 안데르센을 연구하고 계신다고. 나는 어머니와 달리 그다지 책을 읽는 인간은 아니지만 그래도 『미운 오리 새끼』나 『인어공주』, 『장난감 병정』 같은 건 어렸을 때 읽고 인상에 남아 있습니다.

봄이 되어 햇빛은 화창하지만 뉴스 보도는 연일 무서운 바이러스 일색입니다. 부디 몸조심하시길.

미야시타 로코

안녕하세요. 정말 온 세계가 큰일이 났네요. 이쪽 사람들은 워낙 평소에 마스크를 쓰고 살지 않아서 많은 사람이 마스크 쓴 모습으로 걸어 다니는(혹은 카페나 벤치에 앉아 있는,

혹은 자전거를 타고 다니는) 것만으로도 온 도시가 삼엄하게 느껴집니다.

　그리고 죄송해요, 저는 저에 대해 아무런 설명 없이 메일을 발송했다는 것을, 보내 주신 메일을 읽고서야 깨달았습니다. 그렇더라도 시노다 간지의 손녀인 것과 덴마크에서 유학 중인 것을 제외하면 마땅히 말씀드릴 게 별로 없습니다만. 나이는 스물일곱 살이고, 미혼이며 사귀는 사람도 없습니다. 친구도 많진 않고, 어쩌면 그래서 더 할아버지가 마지막을 함께하려고까지 생각한 치사코 씨와 시게모리 씨에게 흥미가 있는지도 모르겠습니다. 그런 식으로 생각하는 사람이 제 주변에는 전혀 없어서.

　오늘 메일을 드리게 된 이유는 안데르센에 대해 쓰고 싶어졌기 때문인데(왜냐하면 로코 씨가 예로 드신 세 편은 수많은 그의 작품 중에서도 특히 안데르센의 색깔이 강하게 묻어나는 작품이라고 보기 때문이며, 왜 그 세 편을 예로 드셨는지 흥미진진합니다), 서두가 너무 길어져서 아르바이트 할 시간이 되고 말았네요. 뒷이야기는 다음에.

시노다 하즈키

안녕하세요. 지난번에는 너무 두서없는 메일을 보내 드려 죄송합니다. 요즘 일본어 문장을 쓰기에 익숙지 않은 데 더해 예의 코로나 영향으로 아르바이트(컴패니언이라는, 유학생 상담 파트너 같은 역을 대학 측으로부터 부여받았습니다) 일정이 대폭 틀어져 버려서.

여하튼 그 뒷이야기입니다. 지난번에도 썼지만 로코 씨가 예로 드신 세 편, 정말 흥미롭습니다. 예를 들어 『미운 오리 새끼』에서 얄궂게 묘사되는 세상의 각박함(첫머리에 나오는 풍경 묘사의 아름다움과, 엄마 오리가 아이들에게 가르치려 하는 세상의 크기를 기억하시나요), 『인어공주』에서 묘사되는 일그러진 연애(왕자와 같이 다니기 위해 때로는 남자 옷도 입어야 했지만요, 다리의 통증을 견디며 말을 잃은 끝에), 『장난감 병정』의 주인공을 덮치는 불합리한 사건들(결말은 몇 번을 읽어도 어이가 없습니다). 하나같이 안데르센의 어두운 면이 유감없이 발휘된 이야기들뿐입니다. 그의 수많은 작품 중에서 왜 이 세 편을 예로 드셨는지요. 연구가들 사이에선 안데르센의 작품은 거의 모두가 자전적이라는 게 정설이 되어 있습니다. 이 세 편은 그것을 뒷받침할 만한 작품이기도 하지요. 하지만, 하고 저는 생각합니다. 하지만 그는 좀 더 약삭빠른 주인공을 내

세워 사람을 깔보는 듯한 이야기를 쓰기도 하고, 늠름한 주인공을 내세운 해피 엔딩 이야기(『눈의 여왕』은 분명 읽어 보신 적이 있으리라 생각합니다)도 쓰고 있습니다.

어두운 면에만 초점이 맞춰지는 경우가 많은 안데르센이지만 저는 그의 이른바 밝은 면에 초점을 맞추듯 접근하고 싶습니다. 담당 교수에게는 뭐 일단 해 보라는 식으로 가볍게 취급받고 있습니다만.

죄송합니다, 안데르센 이야기만 나오면 저도 모르게 뜨거워지고 맙니다. 초등학생 때 처음으로 안데르센 동화집을 사 준 사람이 할아버지였습니다. 그 외에도 여러 가지 책을 선물받았는데 왜인지 유독 그 한 권이 제게는 특별한 책이었습니다. 당시 아버지의 직업 때문에 싱가포르에 살고 있었는데 그 책이 너무 좋아서 늘 가지고 다니며 슈퍼마켓 통로에서도 레스토랑에서도 읽었던 기억이 납니다.

시노다 하즈키

요 한 달 남짓한 기간 동안 주고받은 메일을 다시 읽으며 로코는 어리둥절하지 않을 수 없다. 번번히 알지도 못하는 상대에게 이토록 무방비하게 자신의 이야기를 한다는 게 요즘 젊은 사람들에겐 예삿일인 걸까, 아니면 이 아이만의 특수한 사정인 걸까. 외국에 나가 살고 미혼에 연인도 없고 '친구도 많지 않기' 때문에? 도우코와도 교류하는 듯하니 이렇게 나이 많은 사람과 이야기하기(통신하기, 라고 해야 하나)보다 나이대가 가까운 도우코와 이야기하는 편이 나으련만.

"메일이 또 왔어."

저녁 식사를 마치고 소파에 누워 스마트폰을 만지고 있는 하야시 하루토에게 보고한다. 하루토와는 함께 산 지 일 년이 되어 간다.

"뭐래?"

스마트폰에서 눈을 떼지 않은 채 하루토는 다소 지나치다 싶게 큰 목소리로 묻는다. 자기 딴엔 귀담아 듣고 있다는 표현인 것이다.

"지난번 이야기의 계속."

로코는 대답한다.

"안데르센의 어두운 면과 밝은 면."

덧붙였지만 의미 없는 설명이었다. 하루토한테선,

"뭔데 그게."

라는 목소리가 돌아왔을 뿐이었다.

어째서 그 세 편을 예로 들었는지. 하즈키는 그런 질문을 했지만 로코로서는 우연히라고밖에 대답할 길이 없다. 때마침 생각났을 뿐이다. 『엄지 공주』를 예로 들어도 상관없었고, 『벌거벗은 임금님』이어도 상관없었다. 애당초 로코는 안데르센이라는 작가에게 그다지 흥미가 없다.

"홍차 내릴게."

컴퓨터를 닫고 일어서자,

"답장, 안 써?"

라는 말이 돌아왔다.

"쓸 거야. 쓸 건데 지금은 아니고, 아마도 내일."

로코는 대답하고 나서 속으로 말했다. 스마트폰을 양손 엄지로 능숙하게 조작하는 당신 같은 사람과 달리 나는 편지를 쓰는 데에 시간이 걸려, 라고. 게다가 코로나 관련 긴급 사태 선언 탓에 근무지인 스포츠 클럽(로코는 그곳에서 관리 영양사로 일한다)이 휴업 중이라서 지금은 낮에도 시간이 아주 많다.

부엌으로 이동해 주전자를 불에 올린다. 커피보다 홍차를 좋아하는 데다 밀크도 레몬도 넣지 않고 스트레이트로 즐기는 하루토를 위해 홍차는 늘 대여섯 종류 구비해 둔다.

"뭐가 좋아?"

묻자, 우바라는 대답이 돌아왔다.

내가 시노다 간지의 손녀와 편지 왕래 비슷한 것을 하고 있다는 사실을 만약 어머니가 알았다면 깜짝 놀랐을 게 틀림없다고 로코는 생각한다. 자신의 딸과도 좀처럼 연락하는 일이 없고 심지어 아들과는 로코가 가출한 이후 바로 요전 날까지 얼굴 한 번 본 적이 없다. 어머니는 간지 씨의 손녀 분에게 나쁜 영향을 미치면 안 되니 그만두라고 말했을지도 모른다.

로코가 아이들을 두고 집을 나온 것을 어머니는 평생 용서하지 않았다. 이혼하고 싶다고 처음으로 털어놓았을 때 남자를 갈아 치우는 건 네 맘이지만 아이들을 희생해서 좋을 리 없지 않겠냐고 어머니는 말했다. 나는 너를 그런 딸로 키운 기억이 없다고. 아니야, 라고 그때 자신이 생각했던 것을 로코는 또렷이 기억한다. 아니야, 나는 이런 딸로 자랐고, 이 사람 없이는 살아갈 수 없다고 깨달았을 뿐, 남자를 갈아 치우는 짓은 하지 않아—.

하지만 어머니의 그 말은 틀리지 않았다. 지금 로코는 묘하게 냉정한 기분으로 그것을 인정한다. 아이들을 두고 집을 나온 것이 사실이고, 그 후로도 남자를 계속 갈아 치웠다. 남자들은 저마다 매력적이었지만 결과적으로 누구 한 사람도 로코를 충족시켜 주진 못했다.

"물, 끓어."

느릿느릿 다가온 하루토가 말하고, 수증기를 퐁퐁 뿜어내고 있던 주전자의 불을 껐다.

"미안, 잠깐 멍해 있었어."

"먼저 포트를 데워야지?"

하루토는 로코의 안색을 살피면서 손수 홍차를 내리려고 한다.

"조심해. 물, 왈칵 왈칵 왈칵 나오니까."

로코는 말하고, 찬장에서 우바 찻잎을 꺼낸 후 컵을 두 개 조리대에 늘어놓는다.

* * *

기노시타 란즈가 은사의 죽음을 알게 된 건 5월도 절반이 지나고 나서였다. 자살—. 오마가리 씨는 그렇게 말했지만 란즈로서는 도저히 믿어지지가 않는다. 그러나 엄연한 사실이며 신문이며 주간지에도 실렸다고 오마가리 씨는 말하고, 인터넷에서 검색해 보니 확실히 그 말대로였다.

란즈는 니시신주쿠에 있던 일본어 학교를 떠올린다. 낡고 오래된 건물 3층에 있었고 좁은 로비에는 자판기가 늘어서 있었다. 일본어 책과 중국어 책이 반반씩 채워진 책장도 있고 학생은 누구나 읽을 수 있었지만 아무도 읽지 않았다. 일본어 책을 읽을 수 있을 만큼 일본어가 되는 학생이 당시 그곳에 없었고, 중국어 책을 자신의 즐거움을 위해 ─ 혹은 향수병을 달래기 위해 ─ 읽을 만한 시간이 있는 학생도 없었기 때문이다. 학생들은 모두 가난했고 비정규 아르바이트를 하면서 학교에 다니고 있었다. 적은 아르바이트비를 쪼개 가족에게 보내는 아이도 여럿 있었다. 대부분은 착실했지만 도중에 수업에 나오지 않게 돼버리는 아이도 있었고, 개중에는 아예 처음부터 오로지 학생 비자를 받기 위해 입학하는 사람도 있었다. 하지만 츠토무 선생님은 그 어떤 학생도 열과 성을 다해 가르쳤다. 그 어떤 학생에게도 상냥했고 육친처럼 정성껏 상담에 응해 주었다. 그리고 그런 탓에 학교를 그만둬야 했다.

선생님의 시신이 발견된 때가 1월 1일이고 그 전날에는 건강한 모습이 목격되었다고 한다. 란즈는 마지막으로 만났던 날의 츠토무 선생님을 떠올리려 한다. 눈이 내리면 화이트 크리스마스가 될 거야. 아이들과 그런 이야기를 주고받았는데 결국 눈은 오지 않았던 날이다. 따라서 그날은 12월 23일로 돌아가시기 일주일 전이다. 선생님은 건강해 보였다. 오랜만에 만나서 반가웠지만 아이들만 집에 두고 나온 데다 저녁 장도 봐야 했기에 채 한 시간도 못 되어 헤어졌다. 선생님도 그 후 근처에서 뭔가 볼일이 있다고 하셨기에.

하지만─. 란즈는 생각하지 않을 수 없다. 하지만 나는 무언가 이변을 감지했어야 하지 않았을까. 선생님하곤 예전의 일본어 학교 동료 모임 외에도 가끔 만났고, 란즈가 소카시로 이사한 후에도 아이들이 태어났을 때에는 두 번 모두 축하 선물을 들고 "손주 녀석 얼굴 보러" 와 주긴 했어도 그런 식으로 불쑥 "근처에 볼일이 있어서"라는 이유로 나타난 적은 지금껏 한 번도 없었다. 그때는 이미 죽기로 마음먹고 있었던 걸까. 아니면 섣달 그믐날에 돌발적으로 결정했다? 란즈로서는 알 길이 없었다.

선생님은 왜 나를 보러 와 주었을까. 뭔가 하고 싶은 말이 있었는지도 모르는데 시시콜콜한 이야기(아이들 모습, 옛날 클래스메이트들의 소식)를 했던 것밖에 기억나지 않는다. 란즈는 오랜만에 만난 은사에게 최근 어떻게 지내고 계시냐고 묻지 않았다. 그동안 잘 지내셨냐고 물은 것 같긴 한데 근황에 대해선 묻지 않고(고령자의 생활에 그다지 변화가 있을 것 같진 않았고, 선생님에게 처자식이 없다는 것은 알고 있던 터라 '사모님은 잘 계시나요'라든가 '자녀분은 어떻게 지내시나요'라고 물을 수도 없었다) 자신의 이야기만 하고 말았다. 란즈는 지금 그것을 부끄러워한다. 근황을 물었다고 해서 무엇이 어떻게 달라진다는 보장도 없지만 그래도 묻지 않았던 건 너무 냉담한 짓이라고 느낀다.

선생님에게 보낸 연하장이 수취인 불명으로 되돌아왔을 때 이상하다고 여겼지만 그대로 놔둬 버렸다. 음력설에 맞춰 가족끼리 고향에 다녀오고 싶었는데 코로나 때문에 취소하지 않을 수 없게 되면서 그쪽에 있는 친척들의 안부도 걱정되고 하루하루를 그럭저럭 보내기에 급급해서 연락해 볼 생각을 하지 못했다.

겨우 건 전화가 불통이었을 때 그제야 비로소 병이라든지 죽음 따위의 가능성에 생각이 미쳤다(그렇다 해도 그건 어디까지나 선생님의 나이에서 비롯된 걱정이었지 자살이란 단어는 머리에 떠오르지도 않았다. 단순히 이사를 했거나 전화번호가 바뀌었을 수도 있다는 생각도 들었다). 그게 2주 전의 일이다. 란즈는 옛 클래스메이트들에게 전화며 문자로 물어보았지만 아무도 선생님의 소식을 알지 못했다.

그리고 오늘, 란즈는 페이스북을 검색하여 오마가리 씨를 찾아냈다(일본어 학교에서 예전에 사무를 봤던 여성이다. 지금은 남편과 둘이 군마현에서 캠핑장을 운영하고 있다든가 해서 페이스북에는 아름다운 하늘 사진이 잔뜩 올라와 있었다). 오마가리 씨는 란즈를 기억하고 있어서 곧바로 답장을 주었다. 츠토무 선생님의 죽음을 그녀는 전 교장한테서 들었다고 한다. 송별회가 기획되어서 갈 생각이었는데 코로나로 중단되었다는 것도 알려 주었다(중국 출신의 란즈는 코로나라는 말을 들을 때마다 주눅이 든다. 아무도 란즈를 비난하지 않는다는 것을 알고는 있어도).

묘소가 어디인지 물었지만 오마가리 씨는 알지 못했다. 하지만 그 대신 송별회 대표 발기인의 이름과 연락처를 알려 주었다. 그 사람이라면 틀림없이 알고 있을 거라면서.

란즈는 어떻게든 성묘를 하러 갈 생각이었다. 츠토무 선생님에게는 일본어를 배웠다는 것뿐만 아니라 정말 많은 신세를 졌기 때문이다.

* * *

부동산 업자, 건재 업체며 자재 업체의 중역들, 관공서 인간들 —. 시노다 도요는 지금까지 매일 밤이다시피 회식 자리를 같이한 상대의 얼굴을 멍하니 떠올린다. 하지만 얼굴들이 다 어슷비슷해서 누가 누군지 잘 생각나지 않았다.

눈앞에는 아내의 얼굴이 있다. 그리고 식탁에는 미역 죽순 조림과 생선 된장구이, 게다가 사오마이가 올라와 있다. 코로나 바이러스 탓에 회식을 할 수 없게 되어 도요는 이렇게 매일 밤 아내와 저녁 식사를 함께하고 있다. 코로나 이전부터 주말엔 늘 둘이었고 업무 관련 회식 자리를 유쾌하게 여겼던 적은 없다(가격만 비싸고 맛도 없는 집에서 — 혹은 설령 맛있는 집이었다고 해도 —, 잘 모르는 상대와 먹고 마시는 일에 무슨 기쁨이 있었으랴). 따라서 내 집에서 연일 저녁을 먹을 수 있게 된 것을 좀 더 기분 좋게 여겨도 좋으련만 그렇지 않았다. 뉴스에서는 날마다 확진자와 중증 환자 수가 발표되고, 긴급 사태 선언이라는 낯선 단어의 울림도 삼엄하고, 그런 탓에 마음이 우울한 건지도 모르겠다고 생각해 보지만 그것과 저녁 식사는 또 다른 문제일 거란 생각도 한다.

"하즈키, 돌아오면 좋을 텐데."

식탁 위의 컵에 맥주를 더 따라 주면서 아내가 말했다.

"때가 이러니 말이야."

하고 마땅찮은 듯이. 도요도 얼마 전에 전화로 하즈키에게 돌아오라고 말해 보았다. 하즈키의 대답은 "아니, 됐어."였고 지금 귀국하면 덴마크에 재입국하기 어려워질 것 같아서라는 이유였다. 그 일은 이미 아내와 이야기했고 이제 와서 다시 문제 삼는다 해도 도요로선 대답할 말이 없다. 그래서 잠자코 있었다.

"이 죽순, 소노짱이 보내 준 거야."

아내는 화제를 바꾼다.

"크고 훌륭한 죽순으로, 썰기 전에 보여 주고 싶었는데. 사진 찍어 두면 좋았을걸."

소노짱이란 사람이 아내의 고등학교 시절 친구라는 건 알지만, 교토에 산다든가 해서 아내도 좀처럼 못 만나는 것 같고 도요는 더더욱 만나지 못한다. 마지막으로 그 친구가 놀러 온 게 하즈키가 아직 초등학생 때였지 싶은데. 어차피 아내의 말은 자기 완결적이고, 따라서 도요는 이번에도 아무 말 하지 않았다.

식사를 마치고 서재라 부르는 자기 방으로 돌아와 음반을 건다. 요한나 마르치를 골랐다. 한참 전에 사망한, 우아하기 이를 데 없는 소리를 내는 바이올리니스트다. 정부 당국의 자숙 요청으로 인해 음악을 듣는 시간이 늘어난 건 기쁜 일이라고 도요는 생각한다. 신중히 바늘을 내려놓자 희미한 잡음에 이어 바이올린 소리가 흘러나온다. 마치 소리가 눈에 보이는 듯한 그 순간이 도요의 마음을 흔든다. 자신이 이 순간을 온종일 기다렸던 것 같은 느낌이 든다.

도요가 어릴 적에 살았던 집에서 아버지도 자주 음반을 들었다. 오디오 기기에도 푹 빠져 있었기 때문에 당시로선 고품질의 헤드폰 같은 것도 갖고 있었지만 아버지는 소리를 내보내 공기와 맞닿게 하여 듣는 것을 좋아했다. 딱 지금의 도요가 그러하듯.

그러나 도요가 서재라 부르는 이 방과 아버지의 서재는 전혀 닮지 않았다. 아버지의 서재는 글자 그대로 서재이고 벽의 삼면이 책과 음반으로 메워져 있었다. 손님을 응대할 수 있게 작은 응접세트가 놓여 있고, 여름이든 겨울이든 쾌적하게 지낼 수 있도록 냉방기며 가스난로가 가동되었다. 도요와는 달리 아버지는 자신의 직업이 마음에 든 것처럼 보였다. 그렇다기보다 직업과 그 자신이 불가분의 관계인 양 보였다. 가족조차 그와 직업 사이에는 들어갈 수 없었고 그를 미술이며 서적에서 떼어 놓는 일은 불가능했다. 그것을 어머니는 어떻게 받아들였을까.

음악이 가득 찬 방(소파와 오디오 외에는 청소기밖에 놓여 있지 않은 살풍경한 방) 안에서 도요는 생각한다. 어찌 되었든 간에 아버지도 어머니도 바이러스가 만연하고 있는 듯한 지금 세상을 보지 않고 끝나서 다행이라고. 어머니가 살아 있었다면 겁을 냈을 테고, 아버지가 살아 있었다면 — 그리고 만약 그대로 아키타에 살고 있었다면 — 오도 가도 못하고 자신이나 미도리나 걱정으로 세월을 보내는 처지가 되었을 것이다.

"시기상으로는 깊이 고민했다는 인상을 받습니다."

의사는 그렇게 말했다. 물론 그건 병의 진행 정도에 관한 이야기였고 세상일과는 무관한 발언임을 알고는 있었지만 딱 맞는 표현이라고 도요는 생각하고, 그런 생각을 하는 자신은 냉혹한 인간인지도 모르겠다는 생각도 했다.

* * *

운하를 따라 다채로운 건물이 늘어선 뉴하운은 평소 같으면 관광객으로 북적였을 것이다. 카페 테라스석에서 아르바이트를 하나 마친 하즈키는 컴퓨터 화면 너머로 한산한 거리를 바라본다. 오후 2시, 햇살이 운하에 반사되어 예쁘다. 하즈키의 아르바이트는 유학생 상담 파트너(하숙집을 알아봐 주거나, 도서관 시스템을 설명하거나, 병원에 데려가거나, 고민을 들어 주거나, 번잡한 각종 수속을 돕는 등, 일의 내용은 다방면에 걸쳐 있다)로 희망자가 있으면 만나서 이야기하는 게 기본이었지만 코로나 여파로 유학생의 절반 가까이가 귀국하고, 남은 반수의 면담도 가능한 한 온라인으로 하도록 대학 측으로부터 전달받았다.

카페 안에서 마침 얼굴을 내민 웨이터에게 커피 리필을 부탁하고, 상상도 하지 못했던 일이 일어나는구나, 하고 하즈키는 생각한다. 이 거리의 초여름은 이토록 아름다운데—. 여느 때처럼 할아버지에게 말을 건다 생각하고 그렇게 속으로 읊조리다 보니 어쩐지 눈앞의 풍경을 할아버지와 공유하고 있는 기분이 든다. 생전의 할아버지를 이 거리로 안내한 적은 한 번도 없었는데.

오늘 면담한 사람은 인도인 유학생으로 이곳에 온 지 2년째 되는 남학생이다. 고등학교 때 월반했다든가 해서 아직 어리고, 웃는 얼굴이 어린아이처럼 해맑다. 집이 유복해서 고향에선 대중교통을 한 번도 이용해 본 적이 없다고 했다. 부모님으로부터 한때 귀국을 재촉받았지만 학업을 중단하고 싶지 않은 데다 자전거를 타고 슈퍼마켓에 가는 생활이 마음에 들어서 단호히 거절했다며 웃었다. 세상에는 별별 사람이 다 있다. 하즈키는 이 나라에 와서 수도 없이 그것을 깨달았다. 그리고 그것을 깨닫게 되는 일이 마음에 들기도 하다.

두 잔째 커피를 마시면서 하즈키는 다시 컴퓨터를 연다. 화면을 스크롤하여 미야시타 로코 씨한테서 온 최신 메일을 찾아 다시 읽었다.

시노다 하즈키 님

안데르센을 정말 좋아하시는군요. 나는 그 이름에서 우선 빵집이 연상돼 버리는 인간으로 작가에 대해선 전혀 지식이 없습니다. 그래서 지난번의 세 편도 딱히 생각이 있어서 꼽은 건 전혀 아니고, 그 정도밖에 생각이 나지 않았다는 것이 실정입니다. 실망시켜드렸나요.

외국 생활, 나로서는 경험이 없어서 동경 비슷한 마음이 있는 반면 틀림없이 힘든 일도 많을 거라 상상합니다. 가족과 멀리 떨어져 혼자서—.

셋이서 떠난 노인을 두고 편지에 '그런 식으로 생각하는 사람이 제 주변에는 전혀 없어서'라고 쓰여 있었는데 없는 편이 건전하다고 나는 생각합니다. 단연코 건전하다고 말하고 싶습니다. 이건 돌아가신 세 사람이 불건전하다는 의미가 아니라 뭐랄까, 아마 그 세 사람도 함께 떠나고 싶다고 서로 연모해서 떠난 건 아니라고 봅니다. 때마침 그렇게 됐을 뿐 아닐까요.

도우코한테 이미 들어 아실는지 모르겠지만, 나는 일찍이 이 사람과 함께 죽고 싶다거나 함께라면 죽을 수 있다고 마음먹었던 적이 있고, 바보 같았다고 생각합니다. 바보이고 불건전했습니다.

공부에 아르바이트까지 바쁜 하루하루임이 틀림없을 테니 더 이상의 회신은 필요 없습니다. 몸조심하시길.

미야시타 로코

일주일여 전에 도착한 메일에 아직 답하지 않은 이유는 '더 이상의 회신은 필요 없습니다'라는 말의 진의를 가늠하기 어려웠기 때문이다. 확실한 말을 선호하는 하즈키는 옛날부터 언외의 의미를 헤아리는 것이 서툴다. 이건 거절일까, 아니면 일본인적인 배려? 전자라면 더 이상 메일을 보내지 않는 게 좋을 테고, 후자라면 윗사람에게 '필요 없다'라는 말을 들었다고 해서 그 말을 곧이곧대로 받아들이는 건 실례가 될 수 있다.

어느 쪽일까?

하즈키는 할아버지에게 물어보지만 대답이 돌아오지 않으리란 건 알고 있었다. 존재는 느끼는데 말해 주진 않는 것이다.

생각다 못해 결국 하즈키는 화면을 최신 상태로 되돌리고 대학 사무국에서 온 업무 연락 메일이며 귀국한 유학생한테서 온 근황 보고 메일과 같은 회신하기 수월한 것들에 답장을 써 보낸다. 그 작업은 30분도 채 걸리지 않았다.

회신은 필요 없다는 말의 진의는 둘째 치고 미야시타 로코의 메일에서 하즈키가 마음에 걸린 것은 '가족과 멀리 떨어져 혼자서—'라는 한 문장이었다. 그것은 하즈키의 상황이라기보다 로코 자신의 상황으로 여겨진다. 도우코도, 그리고 이름은 잊어버렸지만 그 남동생도 자신들의 어머니에 대해선 거의(혹은 전혀) 아는 게 없다고 했다. 하즈키가 생각하기에 그건 너무 쓸쓸한 일이다.

답장, 보내도 괜찮지 않을까.

할아버지에게 말했지만 그건 이미 질문은 아니었다.

* * *

미도리는 아버지 꿈을 꾸었다. 꿈속에서 아버지는 아키타 집에 있었고, 집 안은 흡사 이사한 직후(혹은 직전)처럼 골판지 상자투성이였다. 창밖에 비가 내려 실내가 어둑어둑했던 것이며 아버지가 생전에 애용하던 감색 카디건을 입고, 역시 생전에 (라기보다 미도리가 기억하는 한 옛날부터 같은 메이커 것만 늘 사 신었다) 애용하던 검정 슬리퍼(흐물흐물하니 부드러운 염소 가죽으로 만든 것을 미도리는 알고 있었다)를 신고 있었던 것 등등 세부적인 건 또렷한데 전후랄까 전체상이 애매한 꿈으로 여하튼 미도리는 그곳에 있었다, 아버지의 아키타 집에. 미도리를 보더니 아버지는 난감한 듯한 얼굴을 했다. '어, 왔니?'도 아니고 '어쩐 일이냐?'도 아니고, 방 안에 그저 서 있었다. 미도리는 울지 않았고 웃지 않았다. 아버지를 만나서 기뻤지만 동시에 쓸쓸하기도 했다. 아버지가 이제 곧 떠나 버린다는 것을 알고 있는 듯했다. 미도리는 아버지에게 사과하고 싶었다. 하지만 말은 입 밖으로 나오지 않고, 아버지와 마찬가지로 그저 서 있었다. 그리고 왜인지 방의 모습에 정신이 팔렸다. 이렇게 넓었었나 하는 생각이 들면서 운치 있는 방이구나 싶었다. 마치 처음으로 제대로 본 것처럼. 아버지는 아무 말도 하지 않았다. 여전히 난감한 듯이 그곳에 서 있었다. 미도리는 움직일 수가 없었다. 어릴 적에 자주 그랬던 것처럼(아니면 만약 지금 정말로 아버지가 살아 돌아와 준다면 그리할 것처럼) 달려가 부둥켜안고 싶다는 생각은 들지 않았다. 창밖은 비가 내리고 실내는 어둑어둑했다. 그런 꿈이다.

눈을 뜨자 날은 개어 있었다. 일요일이고 남편이 곁에서 자고 있었다.

아침 식사 후 설거지를 하면서 그 꿈을 곱씹었다. 자신이 무엇을 사과하려고 했는지 알 수 없었다. 사춘기에 건방지게 굴었던 일일까. 남편(아버지는 미도리의 남편을 그다지 마음에 들어 하지 않았다)과 결혼한 것? 아니면 혼자서 죽게 만든 일일까.

미도리가 자란 가정은 당시로선 스킨십이 많은 가정이었다. 오빠인 도요는 어느 시기부터 그것을 싫어했지만 미도리는 성인이 된 후에도 종종 아버지, 어머니와 포옹했다. 어머니에게는 수시로 "너는 어리광쟁이로구나."라는 말을 들었지만 어릴 때부터 그랬기 때문에 그게 자연스럽다고 생각했다. 그런데 왜 꿈속에서는 그게 안 됐는지 모를 일이다.

"오늘, 오랜만에 아빠 꿈을 꿨어."

설거지를 마치고 거실로 돌아와 남편에게 말하자,

"몇 시쯤?"

하고 물었다.

"아침. 눈뜨기 직전이고, 눈을 떴을 때는 여덟 시 가까웠으니까."

미도리는 대답한 후,

"장소는 아키타 집인데."

하고 꿈의 내용을 설명하려 했는데,

"다행이다."

하고 남편은 내용을 듣지 않고 말했다.

"이리 와."

하고 평소에는 자신 전용인 양 사용하는 소파의, 자신 옆자리

를 턱턱 두드린다. 시키는 대로 다가가서 앉자,

"아버님 꿈을 꿔도 울지 않았네?"

라는 목소리와 함께 머리를 끌어안아 주었다.

"역시 병원에 가길 잘했잖아. 약이 든다는 거지."

남편은 말하고 머리를 끌어안지 않은 다른 한 손으로 미도리의 무릎을 툭툭 두드린다.

"그래?"

생각지 못한 지적에 놀라 미도리는 반사적으로 묻는다.

"이게 약이 들고 있다는 거야?"

미도리로서는 이해가 가지 않았다. 아버지 꿈을 꾸고 운 적이 있는 건 사실이지만 꿈을 꿔도 울지 않았던 적이 꼭 이번이 처음은 아니고 꿈 같은 거 꾸지 않아도 눈물이 터지는 때도 있다.

소파 정면의 TV에서는 일주일치 뉴스를 정리해서 내보내는 와이드 쇼가 방영되고 있다. 남편에게 머리를 안긴 모습 그대로 시끌시끌한 TV 화면을 멍하니 보면서,

"그렇다면 다행이지만."

하고 미도리는 자신이 말한 질문에 스스로 대답했다. 그저 남편을 안심시키기 위해.

* * *

휘이휘이 하고 휘파람을 불듯 우는 새와 허스키 보이스로 즛즛 하고 우는 새, 부리가 젖어 있는가 싶을 정도로 매끄럽게 퓨루루이리아리아리아 하고 우는 새, 몹시 성급한 느낌으로 키오키오키오키오 하고 우는 새. 도우코는 오전 중의 작업실에서 그것들에 그만 정신이 팔린다. 도쿄 주택가에 이토록 다양한 새들이 있었나 하고 놀랄 만큼 다양한 소리가 창밖에서 나고 있다. 치쁘치쁘 치쁘 치쁘(혹은 치삐 치삐 치삐) 하고 들리는 소리며 마치 영어 단어처럼 whip whip whip whip whip 하고 들리는 소리. 하나같이 사랑스럽고 듣기 좋아서 펜을 쥔 손을 무심코 멈춘 채 귀 기울이고 만다. 그리고 의문이 든다. 어떻게 지금껏 깨닫지 못했을까. 물론 그동안에도 새가 우는구나, 하고 생각한 적은 있고 우연히 모습이 눈에 들어온 적도 있었다. 그렇지만 이 정도로 다종다양한 지저귐이 창밖에 넘쳐 나고 있는 것에 자신은 무신경했다고 도우코는 생각한다.

초여름. 세상이 제아무리 뒤숭숭하다 한들 바깥에서는 작은 새들이 지저귀고 있는 것이다. 그렇게 생각하니 든든한 기분이 들었다.

하긴 집에서 일을 하는 도우코의 생활은 적어도 표면상으로는 이전과 별반 다르지 않다. 옆집의 하루히짱이 갑자기 놀러오지 않게 되고, 모리야를 만나는 빈도가 줄고 영화관에 갈 수 없게 되었다는 정도다. 유치원에 다닐 수 없게 돼 버린 하루히짱이나 일시적이라고는 해도 실직 중인 볼링장 직원 모리야에 비하면 딱히 이렇다 할 일도 없다. 그런데도 새소리에 위로받고 있는 자신을 도우코는 약해졌다고 생각한다. 어쩐지 나는 약해졌다고. 그리고 그것은 아무래도 자신이 외톨이라는 사실을 싫든 좋든 마주해야 하기 때문일 수 있다는 것도 알고 있었다. 옆집 아이와 연인. 그 외에 걱정할 상대조차 없는 것이다.

뭐, 열일곱 살 때 집을 뛰쳐나온 이래 그런 식으로 살아와 버렸으니까 어쩔 수 없다고 하면 어쩔 수 없는 일이었다.

도우코는 자신에 대해 생각하는 것을 멈추고 눈앞의 원고에 집중하기로 한다. 지금 쓰고 있는 것은 중편 소설로 등장인물을 모두 동물로 치환시켰다. 판타지는 아니고, 도우코 생각에는 오히려 생활 냄새 가득한 연애 소설인데 늑대 아내와 거북 남편이 사는 곳에 수컷 늑대와 암컷 고슴도치가 등장하고 아이 딸린 암퇘지도 가세한다는 설정의 어디까지를 독자가 현실적으로 받아들여 줄지는 미지수였다. 거북 남편은 아내도 아닌, 자신에게 마음을 두고 있는 듯한 고슴도치도 아닌, 아이 딸린 암퇘지에게 끌린다. 늑대 아내는 같은 늑대끼리 만나야 잘 되는 것이 자명한데도 불구하고 남편을 버리지 못한다. 나라면 냉큼 늑대로 갈아탈 텐데. 그런 생각을 하며 도우코가 아내 늑대의 망설임에 대해 쓰고 있을 때 무음으로 설정해 둔 휴대 전화가 진동하고 문자 메시지가 도착했음을 알렸다.

마감을 하루 넘긴 터라 담당 편집자이거나 아니면 모리야겠거니 생각했는데 어머니였다.

'잘 지내니. 하즈키 씨가 네 소설이 재미있다고 하더라.'

라는 짧은 내용이었다. 도우코는 당황한다. 대체 무슨 의미일까. 하즈키에게 보낸 소설 ─『소회와 주개』─ 을 자신에게도 보내라는 의미일까. 하지만 그 어머니가 그렇듯 에둘러 말을 할 것 같진 않고 필요하면 스스로 사겠다고 말할 게 뻔하니 아마도 단순히 하즈키의 감상을 전해 준 것이리라. 하지만 무엇 때문에?

어머니의 메일 주소를 하즈키에게 알려 준 건 도우코다. 그 후 어머니로부터 하즈키 씨한테서 메일이 왔는데 너희는 어느 정도 친하니? 라는 취지의(더 나아가 '나는 답장을 보내는 게 낫니?'라는 확인 차원의) 전화가 걸려 오기도 한 터라 두 사람이 연락하고 있다는 것은 알고 있었다. 그런데 하즈키와는 도우코 자신도 메일을 주고받고 있으며 보낸 책에 대한 감상도 하즈키로부터 직접 들었다.

어머니가 보낸 문자 메시지의 취지가 실은 두 번째 글귀가 아니라 첫 번째 글귀에 있을지도 모른다는 것을 퍼뜩 깨닫고 도우코는 깜짝 놀랐다. 잘 지내니. 그렇게 묻는 건 세상의 많은 어머니에게 예사로운 일임에 틀림없을 것이다. 하지만 도우코와 어머니 사이에는 그게 적용되지 않는다. 어지간히 중요한 (혹은 급한) 용건이 없는 한 두 사람 다 연락하지 않고 지내 왔고, 연락하는 경우에는 중요한 (혹은 급한) 용건이므로 문자가 아니라 전화를 이용했다. 예를 들어 치사코 씨가 돌아가셨을 때라든가 도우코의 친할머니가 돌아가셨을 때라든가—.

잘 지내니. 어머니의 그 물음은 오히려 도우코에게 걱정을 안겨 준다. 하야시 씨와 잘 안 돼 가고 있는 걸까 (혹시 또 헤어져 버렸다거나)? 아니면 치사코 씨가 가고 없다는 것이 뒤늦게 와닿고 있나? 아니면 단지 나이가 들었다는 걸까.

불안한 마음에 전화를 걸자 어머니는 바로 받아선 아무 일 없다고 했다. 도우코의 전화에 놀란 듯 어쩐 일이냐고 묻기까지 했다. 확실히 이 사람은 옛날부터 자신의 연애조차 순조롭다면 순조로웠다, 라고 오래전 일을 떠올리다 도우코는 분한 마음이 든다(그도 그럴 것이 도우코에게는 열일곱 살에 가출하여 어머니 밑으로 기어들어 갔을 때 방해꾼 취급을 받은 — 딱 꼬집어 그런 말을 들었던 건 아니지만, 당시 어머니가 남자와 살고 있었던 그 맨션에 어느 날 갑자기 침입한 딸이 있을 자리는 명백히 없었다 — 쓸쓸한 기억이 있기 때문이다. 그때 손을 내밀어 준 이가 치사코 씨였던 셈이지만, 그 무렵 어머니가 남자와 잘 안 돼서, 그래서 딸과의 관계에 대해서조차 잘 대처하지 못했던 것임을 지금의 도우코는 알고 있다). 어머니가 보내고 있는 것과 같은 인생, 요컨대 남자에 달려 있는 인생이란 것이 도우코는 이해되지 않고 이해하고 싶은 생각도 없었다.

"갑자기 전화해서 미안했어. 이상한 문자를 보내니까 걱정한 거잖아."

퉁명스럽게 말하고 전화를 끊었다.

창밖은 화창하고 새들이 다양한 목소리로 지저귀고 있다.

* * *

일방적으로 끊겨 버린 전화기를 쥐고 미야시타 로코는 난감해한다. 다시 걸어야 하나. 다시 걸어서 그딴 식으로 전화를 끊어버리는 건 예의가 아니라고 나무라야 하나? 하지만 그렇게 생각한 다음 순간에 이미 로코는 자신이 그렇게 하지 않으리란 것을 알고 있었다. 엄마다운 일을 선혀 못하고 살았던 엄마다. 이제 와서 딸에게 설교 따위 가능할리 만무하다. 건강한 목소리를 들을 수 있었던 것만으로도 감지덕지해야겠지.

로코는 하다 만 부엌 청소 작업으로 돌아간다. 찬장 안의 것들을 전부 테이블로 옮기고 선반 널을 한 장씩 닦고 있던 참이었다. 세제가 배어든 일회용 행주가 손에 서늘하니 차갑다. 로코는 지금껏 좋아하게 된 남자에 대해서라면 언제 전화를 해야(혹은 문자를 보내야, 그보다 더 오래전에는 편지나 엽서를 보내야) 하고, 언제 참아야 하는지 알고 있었다. 그것은 감각이라고밖에 표현할 길 없는 것으로 물론 관계성에 크게 좌우된다고는 해도 어느 특정 상대와의 파장이라는 것이 있고 로코에게는 그것을 잘못 읽지 않을 자신이 있었다. 하지만 상대가 가족이나 친구가 되면 그것은 전혀 다른 이야기여서 우선 공포가 앞서고 곧이어 망설임이 찾아온다. 생각다 못해 지쳐 버리고 결국 연락하지 않기로 되는 거였다.

좋아하게 된 남자 이외의 상대에게도 용건 없는 문자 메시지를 보내도 괜찮을지 모른다. 포갠 식기를 선반에 도로 넣으면서 로코는 생각하고, 자신이 지금 그런 생각을 하고 있다는 것을 알면 문자 메시지에 놀라 전화를 주었다고 한 도우코는 보나 마나 더 화를 낼 거라 상상한다. 그리고 문자 메시지에 관한 자신의 이 작은 변화는 하즈키와 관계있을지도 모른다고 멍하니 생각했다.

　안녕하세요. 답장하는 게 좋을지 어떨지 망설였지만, 하고 싶은 욕구에 내몰리고 있으니 하게 해 주세요.
　우선 도우코 씨의 소설, 다 읽었습니다. 재미있었습니다! 자백하자면 저는 이 책을 읽기 전까지 '소회素懷'라는 말도 '주개廚芥'라는 말도 알지 못했습니다. 하지만 소회는 저도 남몰래 가슴에 안고 있고, 주개는 하숙집 부엌에도 늘 있습니다. 가까이에 있는 것인데도 지금껏 그 이름을 몰랐던 셈이고, 이름이 붙자 갑자기 그것의 존재감이 커졌습니다.
　그리고 요전 번 메일에 로코 씨가 쓰셨던 것, 저는 전혀 '바보 같다'라고 생각지 않습니다. 열정적이라고 생각합니다(안데르센 바보인 저로서는 아무래도 이 대목에서 『인어공주』를 떠올리지 않을 수 없습니다). 뭐, 결과로서 로코 씨가 바다의 물거품이 되지 않아서 도우코 씨와 그 동생 분을 위해 다행이었단 생각은 하지만.

코펜하겐은 지금 아름다운 계절입니다. 위험한 사람이라고 여겨질 만한 이야기를 하자면, 저는 할아버지가 이 거리에 와 있는 듯한 기분이 듭니다.

시노다 하즈키

* * *

탱크톱에 롱스커트, 검정 라이더 재킷을 걸친 쓰한은 여전히 예쁘고 발랄하다. 하지만 오랜만에 만난 하오유는 살이 많이 찌고 어엿한 중년 남성이 되어 있었다. 란즈를 비롯한 세 사람은 지금 하치오지의 공원묘지에서 은사가 잠든 땅에 합장을 마친 참이다. 흐린 하늘이지만 찌는 듯이 덥고 쯔삐쯔삐쯔삐 하고 우는 새소리가 들린다.

"츠토무 선생님."

중얼거리고 하오유가 눈물짓는다. 이것은 절제된 표현인지도 모른다. 남학생들 중에선 하오유가 선생님과 가장 친했던 것을 란즈는 알고 있다.

"울지 마!"

쓰한이 중국어로 말하자 하오유는 오열을 참으며 안경을 벗고 눈시울을 눌렀다.

"이 꽃, 봉오리가 귀엽네."

란즈도 중국어로 말했다. 세 사람 다 이미 일본에서 산 지 오래되었는데도 일본인이 없는 장소에서 만나면 그만 모국어로 돌아와 버린다.

"그러게. 별 같다."

쓰한이 대답한다. 선생님이 잠든 장소에는 묘석 대신 나무가 심어져 있고 분홍 무늬가 박힌 하얀 작은 꽃이 많이 피어 있었다.

"이곳에 선생님이 정말 있는 걸까."

쓰한은 쭈그려 앉아 퍼석퍼석한 흙을 가느다란 손가락으로 만진다. 란즈도 따라서 쭈그려 앉아 흙을 만져 보았다.

"축축하네."

란즈로서는 아직 믿어지지가 않는다. 공원묘지니 흙이니 구체적인 것을 보면 볼수록 이것들과 츠토무 선생님은 아무런 관련도 없다는 기분이 들고 만다.

"나, 란즈나 하오유와 달리 성실하지 못했으니까, 선생님한테 늘 혼났잖아?"

쓰한이 말한다.

"한번은 진짜 엄청 혼난 적이 있어. 여기 오고 처음으로 일본인 친구들이 생겨서 그 아이들이랑 노는 데 정신이 팔려 학교에 전혀 가지 않게 되었을 때."

란즈도 기억하고 있었다. '일본인 친구들'이라는 게 주로 남자 아이였던 것도, 츠토무 선생님이 몹시 걱정했던 것도.

"선생님, 진짜 화가 나서 호통치고, 눈에는 핏발까지 서서 무서웠지만, 나, 부모님한테도 그렇게 야단맞은 적이 없는데 왜 남의 아저씨한테 야단을 맞아야 하나 싶어서 화가 나서, 반항하고. 그 후 선생님과 거의 말을 섞지 않았고, 결국 한 번도 사과하지 않았어."

당시 쓰한의 좋지 않은 태도를 자신도 몹시 불쾌하게 여겼다고 말하는 대신 란즈는 "하지만." 하고 말했다.

"하지만, 쓰한은 그 후 전문학교 시험에 무사히 합격했고, 이쪽에서도 미용사 자격을 취득했잖아? 선생님, 기뻐하셨어."

쓰한은 가느스름하게 정돈된 눈썹을 찌푸리며 전혀 믿지 않는 얼굴로,

"그렇다면 다행이지만."

라고 말한다. 손끝의 흙을 털어 내고 슬슬 돌아가려고 일어서자 다시 하오유가 울기 시작한다. 어깨를 떨며 아까보다 더 심하게 흐느껴 운다.

"울지 마!"

쓰한이 같은 말로 쏘아붙였지만, 이번에는 울음을 그치지 않고 하오유는 눈물로 얼룩진 목소리로 말했다.

"선생님이 해고당했을 때 우리 아무것도 하지 않았어."

라고.

"가자."

하오유를 무시하고 쓰한은 걷기 시작했다.

"가자. 비도 올 것 같고 더 이상 여기 있다간 모기 물려."

하오유를 재촉하며 란즈도 쓰한을 뒤따랐다. 공기 냄새에 물기가 많고 서녁 하늘은 잔뜩 찌푸려 있다. 차로 왔기 때문에 주차장까지 가면 젖을 염려는 없지만 부지가 워낙 넓은 데다 선생님이 잠들어 있는 장소는 한참 안쪽이어서 출입구까지 거리가 있다. 포장되지 않은 길을 걷는 건 오랜만이었다.

"그 일은, 어쩔 수가 없었어."

쓰한의 뒤를 하오유와 나란히 걸으며 란즈는 말했다.

"선생님이 규칙을 깬 건 사실이고, 우리로선 어떻게 할 수도 없었으니까."

큰 나무 작은 나무들이 정연하게 심어져 있고, 언덕도 있고 연못도 있는 부지 안에서 마주치는 사람은 성묘객이라기보다 산책객으로 보인다고 란즈는 생각한다.

"나는 그렇게 생각하지 않아."

작은 목소리로 하오유가 말했다.

"그때는 그렇게 생각했지만, 지금은 아니야. 뭔가 할 수 있었을 거야. 서명을 모으거나, 교장한테 직접 호소하거나."

키가 작고 통통한, 자못 청결해 보이는 폴로셔츠에 치노 팬츠 차림의 하오유한테선 오데코롱 냄새가 난다.

당시 그 학교에 입학하려면 일본인 신원 보증인이 두 사람 필요하다는 규칙이 있었다. 부모의 지인이라든지 아르바이트처의 점장 등이 받아 주는 경우는 괜찮지만 그런 사람이 없거나 있어도 도중에 관계가 틀어져 버리는 경우도 많다 보니 츠토무 선생님은 학생들과 아무런 인연도 관계도 없는 자신의 지인들에게 간곡히 부탁하여 잇달아 보증을 서 주었다. 그리고 마침내 그 방법도 한계에 부딪히자 몸소 많은 학생의 보증인이 되고 말았다. 교사는 보증인이 될 수 없다는 규칙이 있었음에도.

게다가―. 될 수 있는 한 공평하게 생각하려 애쓰면서 란즈는 그때 일을 떠올린다. 게다가 선생님은 열정이 너무 넘친 탓에 학생들에게 지나치게 힘을 쏟았다. 돈을 빌려주기도 하고 아르바이트 자리를 소개하기도 하고(모처럼 소개한 그 아르바이트를 금세 그만둬 버리는 아이도 있었기에 곤란했던 적도 많았으리라), 집세를 못

내게 된 아이를 한동안 자신의 집에 데리고 있기도 했으니 교장이나 오마가리 씨 눈에 그것들은 상궤를 벗어난 행동으로 비쳤을 터이다.

횅뎅그렁한 주차장에 차는 듬성듬성 서 있을 뿐이다. 가장 눈에 띄는 빨간 세단이 쓰한(굳이 말하자면 쓰한의 애인)의 차다. 조수석에 쓰한이 타고 하오유와 란즈는 뒷좌석에 올랐다.

"미안합니다. 오래 기다리시게 해서."

란즈가 첫마디를 일본어로 바꿔 말하자, 시마모리 씨 — 라는 게 쓰한의 애인 이름이다 — 는,

"아뇨 아뇨."

라고 대답했다. 사이드 브레이크가 풀리고 차는 부드럽게 움직이기 시작한다. 핸들을 쥔 시마모리 씨의 손이 란즈의 위치에서도 보였다(고운 손이라고 란즈는 생각한다. 가는 손목에는 애플워치와 가죽 팔찌). 저 손으로 쓰한을 껴안는 걸까, 하고 쓸데없는 생각을 하고 만다. 시마모리 씨는 쓰한이 근무하는 미용실의 점장으로 유부남이다. 쓰한이 그런 사람과 사귄다는 것을 만약 츠토무 선생님이 안다면 걱정하겠지, 하고 란즈는 생각한다. 하늘은 여전히 잔뜩 찌푸려 있지만 비는 맞지 않고 끝났다. 하긴 차로 태워다 주는 거리라야 쓰한이 사는 니시야까지라서 그다음은

알 수 없지만.

이렇게 위치를 알았으니 또 올게요.

공원묘지로부터 멀어지면서 란즈는 마음속으로 선생님에게 (물론 일본어로) 말했다.

*

"하지만 말馬이라는 건 이상하잖아?"

시게모리 츠토무가 말했다.

"마부라든가 말구종이라든가, 인간의 시점이라고 여기는 게 더 자연스럽지."

"무슨 이야기야?"

시노다 간지가 묻고,

"동요 가사."

미야시타 치사코가 대답하고, 비 올 적의 달님이라는 동요 가사를 어렸을 때 자신이 오해했었다고 설명했다. 달이 시집가는 걸로 알았다는 것, 그야 달님이니까 당연히 혼자 갈 거라고 생각했다는 것.

"그래서, 2절 가사에 '고삐 아래에서 살짝 보면'이라는 구절이

나오는데."

치사코는 가사 부분을 노래해 보인다.

"보고 있는 건 누구냐고 이야기하던 중이었어."

"애초에."

카랑, 하고 얼음을 울리고 술잔을 입으로 가져가 홀짝이고 나서 츠토무가 끼어들었다.

"말이 바로 뒤를 본다는 게 무리잖아, 생각을 좀 해 보시라고."

"그런가."

치사코가 마땅찮게 말했다.

"그야 그렇겠지, 당신은 가끔 바보 같은 소리를 한다니까, 여대 출신이면서."

츠토무의 놀리는 소리를 들으며 간지가 재미있게 여긴 것은 치사코가 그야, 달님이니까 당연히 혼자 갈 거라고 생각했다는 그 말이었다. 딱히 달님이 아니어도 시집갈 때는 누구든 혼자일 거라고 간지는 생각한다. 게다가 물론 죽을 때도.

이후 객실에서 하려는 일을 간지는 생각한다. 실수는 허용되지 않기에 실탄을 넣지 않은 엽총으로 수없이 연습했다(헛방인 줄 알면서도 한동안은 총구를 입에 물 때마다 온몸에서 땀이 솟았다). 일찍이 사냥의 첫걸음을 가르쳐 준 현지 사냥꾼에게는 헛방질을 하면 총이 상하니 좋지 않다고 배웠다. 하지만 총이 상하는 건 이미 간지에겐 걱정할 사항이 아니다.

모든 것이 끝나면 그곳에 있는 건 각기 다른 세 가지 죽음이다. 간지는 딸과 아들을 생각한다. 둘 다 진즉에 새 가정을 꾸리고 저마다의 인생을 걷고 있다. 괴로운 일을 겪게 한다는 것은 알고 있었다. 그 아이들에게는 새해 벽두부터 경악스러운 골칫거리를 짊어지우는 것이 된다. 원망을 들어도 어쩔 수 없지만 그 아버지답다고 여겨 주길 은근히 기대하는 마음도 있었다.

"저기, 간지 씨 듣고 있어?"

치사코가 물었다.

"아니, 안 들었어."

간지는 인정한다.

"옛날에 벤짱이 자주 데려갔던 긴자의 가게에 예쁜 호스티스 있었잖아? 벤짱이 일하던 데 말고 다른 한 집."

아무래도 동요 이야기는 끝난 모양이다.

"응."

간지가 맞장구를 치기 무섭게 치사코는,

"벤짱이 있지, 그 여자랑 한동안 같이 살았대."

하고 뭔가 중대 발표인 양 말했다. 대답이 바로 나오지 않은 건 간지에게 그 일이 새로운 정보는 아니었기 때문이며 그 분위기를 민감하게 감지한 치사코는 조그맣게 콧김을 내쉬었다.

"싫다, 알고 있었어? 남자들끼리의 비밀이라는 건가?"

하고 너무나 의외라는 듯이 중얼거린다.

*

아내의 임신 사실을 알게 된 건 도쿄가 장마철에 접어든 날이었다. 목요일이었고 나는 낮에 동물들의 중성화 수술을 도합 여섯 차례 진행했다. 내역은 고양이가 네 마리, 개가 한 마리, 게다가 토끼가 한 마리다. 종일 흐린 날이었지만 퇴근 무렵에 약한 비가 흩뿌렸고, 병원에 몇 자루나 있는(누구 건지 알 수 없는) 우산을 들고 집에 들어가면 아내가 화를 내기에 — 그런 식으로 들고 들어온 남의 우산으로 이미 우산꽂이가 꽉 차 버렸기 때문이지만 — 그냥 나왔더니 집에 도착했을 때는 어중간하게 몸이 젖어 있었다. 살갗에 들러붙은 셔츠도 젖은 머리도 불쾌해서 어쨌거나 우선 샤워부터 해야겠다는 생각을 하는 참에 "어서 와요." 에 이어 "이것 좀 봐 봐." 하고 아내가 말했다. 그게 스틱형 임신 진단 시약이라는 건 얼핏 보고 바로 알았지만 검사 결과를 전해

듣기 전에 퍼뜩 머리에 떠오른 생각이 이건 소변을 묻혀서 알아보는 진단 키트였지 싶다는 거였다. 그래서 아내가 내미는 그것으로부터 나도 모르게 움찔하며 몸을 뒤로 빼고 말았다. 직업상 동물의 체액을 보고 움츠러드는 일은 없지만, 그건 어디까지나 상대가 인간 이외의 동물인 경우다. 자신의 소변을 묻힌 물체를 남 앞에 잘도 드러내는구나, 라는 것이 그 순간 내 머릿속에 떠오른 생각이다. 하지만 내게 보고하려고 나의 귀가를 목 빠지게 기다렸을 아내는 내 반응에 기분 상하는 기색도 없이 웃는 얼굴로 물었다.

"저기 저기, 어때 감상이?"

문제는 소변이 아니라 검사 결과라고 뒤늦게나마 깨달은 나는 이런 경우에 남편이 해야 한다고 생각되는 말을 입에 올렸다.

"대단한데. 기뻐."

말을 하고 곧바로 '대단한데'는 이상하지 않았나 싶었다. 하지만 아내가 뭔가 더 말해 주길 기대하는 눈치여서,

"이야, 깜짝 놀랐어. 놀랐지만 대단해. 응, 이건 대단한 일이야."

하고 나는 '대단해'를 연발하고 말았다. 물론 병원에 다녀오기 전까지 확실한 건 알 수 없다 해도 이런 유의 검사는 정밀도가 꽤 높다는 걸 나는 알고 있다. 아이―. 거기에 대해 생각한 적이

없었던 건 아니다. 머지않아, 하고 지금은 아닌 '언젠가'를 전제로, 예를 들어 집을 살 때 고려해야 할 방 구조라든지 주변 환경에 대해 서로 이야기하기도 했다. 하지만 어디까지나 '언젠가'일 뿐 '이제 슬슬'이라는 이야기를 한 적은 없었고, 굳이 피임 기구를 사용하진 않았지만 아내의 몸 바깥에 사정하는 방법으로 성생활도 유지해 왔다.

샤워를 마치고 식사를 했다. 그러고 나서 함께 TV를 봤다. 〈피키 블라인더스〉라는 넷플릭스 드라마에 두 사람 다 꽂혀서 저녁식사 후에 매일 한 편씩(아무래도 다음 이야기가 궁금할 때는 두 편) 보는 게 최근의 습관이었다. 그런데 나는 보고 있어도 스토리에 통 집중할 수가 없었다. 그것은 아내도 마찬가지였던 듯 다 보고 나기 무섭게,

"안 되겠다. 내일 같은 데부터 다시 보자."

라고 말했다.

"아기 생각만 하게 돼."

라고. 그리고 마치 그것을 증명이라도 하려는 듯이 그 후로도 그와 관련된 이야기만 했다.

"아직은 알 수 없겠지만 나중에 성별이 밝혀지면 알고 싶어?"

라든가,

"아빠랑 엄마한테는 언제쯤 말해야 할 것 같아?"

라든가.

아이—. 정말일까. 딱히 아내(내지는 임신 진단 시약)를 의심할 생각은 없지만 도저히 실감이 나지 않는다. 이를 닦고 침대에 들어가 눈을 감은 나의 뇌리에는 낮에 진행한 여섯 마리 분의 중성화 수술 모습이 왜인지 옛날 8밀리 필름 같은 거친 화질과 풍정을 동반한 채 끝없이 재생되고 있다.

* * *

벌써 며칠째 비가 내리고 있다. 우산을 쓴 채 '왜 내가?' 하고 생각하면서 와라비다 케이는 고베 거리를 걷고 있었다. 코이가 와스지에서 토어 로드로 나가 남하하여 선로를 따라 걷다가 산노미야역을 건넌다. 오래된 거리는 길의 포장이 깨져 여기저기 덜거덕거리고 단차며 물웅덩이가 많아서 걷기가 힘들다. 비는 차가워도 기온은 높고 습도는 아마 더 높아서 땀을 많이 흘리는 케이에게는 괴로운 계절이 시작되고 있었다. 그래도 마지못해 바깥에 나온 까닭은,

"엄마 좀 데리러 갔다 와요."

하고, 오랜만에 가게에 찾아온 전처 치카코에게 부탁받았기 때문이다. 전 장모는 마찬가지로 오랜만에 아주 좋아하는 마작장에 가 있다. "긴급 사태 선언이 해제됐다고는 해도 코로나 와중인 건 변함이 없고, 엄마 나이대 사람이 감염되면 큰일일 뿐 아니라 주변의 눈도 있으니까."라는 전처의 주장은 타당하다고 여겨졌지만 '왜 내가?'라는 반항심 비슷한 기분이 부글부글 솟는 것도 사실이어서,

"당신이 가면 되잖아."

하고 케이는 냉담하게 내답했다.

"엄마가 내 말을 들을 리 없잖아."

듣고 보니 그 또한 맞는 말인 데다,

"부탁합니다."

하고 두 손 모아 절까지 해 보이는 데에는 거절할 도리가 없었다. 점심때인데도 가게에 손님이 적어서 니시다 부부와 미사키 짱만으로 충분히 대처할 수 있는 상태였던 것도 전처에게 유리하게 작용했다.

"뭐야아, 그게. 오빠는 사람이 너무 좋아서 탈이라니까."

이혼의 전말과 앞으로도 가게를 꾸려 나갈 결심에 대해 이야기했을 때 여동생 루이는 큰 소리로 그렇게 말했다.

"치카코 씨 대체 무슨 생각인 거야? 오빠는 일까지 그만두고 고베에 갔는데."

코로나 탓에 이동이 불가능해서 전화상으로 주고받은 이야기였다. 지금의 케이의 모습을 봤다면 여동생은 또 큰 소리를 내겠지.

빗발이 거세다. 최근 내리는 비는 장맛비라기보다 열대 지방에 내리는 스콜 같다고 케이는 생각한다. 밤의 여성들이 입는 옷을 파는 가게가 늘어선 일대를 지나 목적하는 건물에 도착했다. 1층은 빈 점포이고 2층과 3층이 마작장이다. 좁은 계단을 올라가 우선 2층을 확인한다. 입구에서 손 소독과 체온 측정을 요구받았기에 케이는 일단 안심한다. 가게 안은 몇 군데 창문이 열려 있고 환기도 되고 있는 듯하다. 2층에는 손님이 세 팀 있었다. 평일 낮에 이런 장소에 있는 이들은 죄 노인들이겠거니 싶었는데 케이보다 젊어 보이는 일행도 네 사람 있고 그중 하나는 여성이다.

케이는 마작을 해 본 적이 없다. 하지만 녹색 펠트가 깔린 클래식한 마작 테이블이며 마작 패와 패끼리 부딪힐 때 나는 달그락 소리, 테이블을 둘러싼 사람들의 기척에는 기시감이 들었다. 문득 그리움이 물밀듯이 밀려오고 그것에 케이는 스스로 놀란다.

옛날, 아버지가 종종 집에 사람들을 초대해 이 놀이에 흥겨워했던 것이다. 놀이는 대개 밤새 이어지고 패를 섞는 소리며 손님들의 웃음소리가 2층의 아이 방에서도 들렸다. 어머니가 대접하는 (아이들을 위한 저녁 식사와는 다른 종류의) 요리 냄새—. 아버지의 마작 동료로는 벤짱도 있었다. 평소에는 온화한 사람인데 "펑"이라느니 "치"라느니 선언할 때의 목소리는 묘하게 위세가 당당해서 굳이 얼굴을 안 보고도 '아, 오늘은 벤짱이 와 있구나.' 하고 알 수 있었다.

그 사람들, 하고 케이는 한꺼번에 회상한다. 화가에 작가에 교직원에 편집자에 배우에 식목직인이었던 그 사람들은 아마도 대부분 이미 이 세상에 없겠지. 케이와 루이의 부친이 돌아가신 지 올해로 20년이 된다.

전 장모는 3층에 있었다. 노인 세 사람(여성이 둘, 남성이 하나)과 테이블을 둘러싸고 앉아 있었는데 케이를 알아차리더니 놀란 기색도 없이 한 손을 들어올린다. 네 사람 다 제대로 마스크를 착용하고 있다.

"방해해서 죄송하지만."

케이가 입을 열자 끝까지 들어 보지도 않고,

"하지만 지금 당장은 안 돼."

하고 전 장모는 대답했다. 높이높이 묶어 올린 검은 머리, 짙은 화장, 티셔츠에 롱스커트, 목에 걸려 있는 노안경.

"지금 텐파이(자신의 패가 1개만 더 있으면 완성되는 상태_옮긴이) 거든."

하지만, 하고 케이는 생각했다. 하지만, 의 다음 말은 몇 가지나 돼서, "하지만 저는 빨리 가게로 돌아가야 하고"도 좋았고, "하지만 장모님이 지금 여기 있는 게 문제가 돼서"도 좋고, 차라리 좀 더 짧게 "하지만 치카코가"라고 말해도 좋았다. 하지만 그런 말들은 왜 그런지 목구멍에 걸려 나오지 않고,

"그럼 앞으로 몇 분 정도 걸립니까."

하고 케이는 물었다.

"그건 가와타 씨 하기 나름이고, 그런 걸 다 알면 재미없잖아, 자네도 참."

전 장모는 노래하듯 경쾌하게 말하고, '가와타 씨'인 듯싶은 할아버지가 눈으로만 히죽 웃는다.

"거기 서 있으면 불안하니까, 일단 저쪽에서 기다리고 있어."

저쪽이라면서 장모가 가리킨 곳은 방 한구석, 흡연소도 있고 자동판매기도 놓여 있는 공간이다. 케이는 얌전히 그쪽으로 향했다. 문고본이라도 가져올걸 그랬다고 후회했지만, 승패를 가

리는 도중에 억지로 빠져나가게 해서는 안 된다는 것쯤은 마작을 못하는 케이도 — 그 아버지의 아들이자, 그 집에서 자란 이상 — 알고 있었다.

* * *

참새가 울고 있다. 해 질 녘, 어김없이 전선에 잔뜩 모여들어 홀린 듯이 울어 댄다. 그리고 그 일정한 시간이 지나면 일제히 날아오른다.

"뭘까, 이게."

베란다에서 참새들을 바라보며 도우코는 말했다.

"어째서 이렇게 울어 대는 걸까."

실제로 장관이라고 해도 좋았다. 몇 가닥씩 뻗어 있는 전선마다 빽빽하게 참새들이 조랑조랑 모여 있다. 그 울음소리는 하늘을 가득 메울 듯하다.

"언제부터?"

침대에서 반쯤 몸을 내밀며 모리야가 묻는다.

"모르겠어. 알아차렸을 때는 이랬어."

참새들은 매일 오후 다섯 시 지나 찾아와서 이삼십 분 울어 대다가 날아가 버린다.

"뭔가 무섭네. 묵시록적이랄까."

모리야가 말하고, 딱히 무섭진 않다고 도우코는 생각한다. 딱히 무섭진 않지만 이 많은 참새가 다 어디에서 왔다가 어디로 가는지 그저 신기할 따름이었다.

오늘은 모리야가 쉬는 날인데다 날씨도 좋아서 둘이 요코하마까지 나가 보았다. 영화관 영업이 재개된 것을 축하하며 티모시 샬라메 주연 영화를 한 편 보고, 그 후 영화관이 들어 있는 상업 빌딩 안을 산책했다. 눈요기 삼아 옷가게를 들여다보고(도우코는 모리야에게 옷이며 신발이며 모자를 시착시키며 즐겼지만 결국 모리야는 아무것도 사지 않았다) 식당가를 둘러봤다. 가마아게 시라스(가마솥에 살짝 쪄 낸 치어_옮긴이)를 사용한 요리만 파는 가게를 발견하고 평소 가마아게 시라스를 좋아하는 도우코는 흥분했지만 배가 고프진 않았기에 안에 들어가지는 않고 집에 돌아가서 모리야와 자는 쪽을 선택했다. 참새 소리가 잘 들리도록 창문을 활짝 열어 놓고.

결과로서 그것은 소리에 포위당하는 듯한 성교가 되었다. 들리기 시작하자 도우코는 묘하게 몸이 가볍게 느껴지면서 평소보다 단순한 마음으로 행위에 몰두해 버리고, 자신의 육체가 침대

위가 아니라 창밖, 참새들이 모여 있는 장소에 있는 것 같은 착각이 들었다. 성행위 자체가 오랜만이었던 탓인지도 모른다. 온 세상이 외출 자숙(및 사회적 거리두기)을 요구받고 있는 나날 속에서는 연인과 잠자리를 갖는 것도 뜻대로 되지 않는다.

"틀림없이 내년엔 출생률이 떨어지겠네."

실내로 돌아온 도우코가 침대에 걸터앉아 말하자,

"설마."

하고 대답하며 모리야는 웃었다.

"다들 집에 있는 시간이 늘어나고 달리 할 일도 없으니, 오히려 더 힘쓰지 않을까. 잘 모르겠지만."

도우코가 놀란 건 다들 힘쓰고 있다(그럴지도 모른다)는 그 말 때문이 아니었다. 그거야 듣고 보면 맞는 말이다. 그게 아니라 도우코는 자신의 머리에서 가족이라는 개념이 너무나 싹 빠져 버렸다는 것에 놀란 것이었다. 성교를 하는 상대와 세상 사람들은 함께 살기도 하는 것이다.

"아―, 배고프다."

모리야가 말하며 일어난다. 도우코도 배가 고팠다. 가마아게 시라스집을 떠올렸지만 거기는 요코하마라서 멀다. 그렇게 생각했을 때 바닥에 놓여 있던 백팩에서 모리야가 뭔가 꺼낸다.

"짠!"

비닐봉투에 든 그것은 가마아게 시라스 도시락이었다. 네모난 플라스틱 용기가 두 개, 나무젓가락이 두 벌.

"도우코가 화장실에 간 틈에 샀어."

모리야가 득의양양한 얼굴을 한다.

"이 무슨 선견지명!"

스스로 생각해도 우스울 만큼 기쁨이 복받치면서 도우코는 모리야에게 와락 달려들었다.

* * *

무릎 연골이 닳은 거라고 의사는 말했다. 그것은 노화에 따른 변화이며 드문 일은 아니라고. 하지만, 그럼 어떻게 해야 좋을지 미도리는 생각한다. 일주일쯤 전부터 왼쪽 무릎에 통증이 있어 다리를 끌지 않으면 걷지 못할 정도인데─. 의사에게 물어도 그 부분은 애매해서 뭐라 뭐라 하는 것을 주입하는 수술도 있기는 하지만 아직 그렇게까지 할 필요는 없지 않겠냐느니, 가벼운 운동은 하는 편이 좋지만 무리는 금물이라느니, 진통제를 드릴 텐데 그건 치료약은 아니라느니, 설명을 들어도, 아니 설명을 들으면 들을수록, 그럼 어떻게 해야 좋을지는 알 길이 없었다. 한동안 상태를 봅시다, 라는 말을 듣고 다음 진료 예약을 하고 처방전을 받았다. 그래서 진찰권이 또 한 장 늘었다.

처음 와 보는 약국(이라고는 해도 조제 약국이란 곳은 어디나 다 비슷비슷하다. 대개 전면이 통유리에 카운터 위에는 처방전이며 복약 수첩을 제출하기 위한 트레이가 놓여 있고, 비닐을 붙인 장의자가 늘어서 있고, 벽걸이 TV와 워터 쿨러는 있기도 하고 없기도 하고, 한쪽 구석에 마스크며 거즈며 영양 드링크가 진열되어 있다)에서 순서를 기다리며 미도리는 67세에 돌아가신 어머니와 86세에 돌아가신 아버지의 50대를 떠올려 보려 한다. 아버지는 백내장 수술을 받은 적이 있고 어머니는 허리를 삐끗하여 몸져누운 적이 한두 번 있었지만, 그 외에는 두 사람 다 병원 신세를 진 적이 없다. 미도리처럼 많은 약을 처방받거나 집에서 혈압을 재는 일도 없었다. 두 사람 다 아직 한참 젊고 건강해 보였다.

미도리로서는 알 수가 없다. 자신의 몸에 왜 이리 잇달아 문제가 발생하고, 왜 이리 다양한 약을 복용하는 처지가 되고, 왜 이리 많은 진찰권으로 지갑이 터질 지경이 되었는지. 실제로 몇 년 전까지 미도리의 지갑을 가득 채우고 있던 것은 마음에 드는 레스토랑의 숍 카드며 자주 가는 옷가게와 인테리어 숍의 멤버십 카드, 빵집의 스탬프 카드 같은 것들뿐이었다.

이대로 노쇠해 가는 건가 생각하니 무서웠다. 뭔가 취미라도 가지려고 몇 개월 전에 심기일전하여 시작한 하리에(잘게 자르거나 찢은 색종이나 천을 대지에 붙여 만든 그림 또는 그런 기법_옮긴이) 통신 강좌와 초급 이탈리아어 통신 강좌는 나름대로 즐겁고, 코로나 탓에 퇴근이 빨라진 남편과의 식사를 위해 지금껏 해 본 기억이 없는 공들인 요리(양고기를 사용한 셰퍼드 파이라든지 지독하게 손이 많이 가는 사천풍 카레라든지)도 만들어 보곤 한다. 하지만 스스로 생각해도 좀스럽달까 발버둥치는 듯한 기분이 들었다. 여하튼 최근의 미도리에게는 자신의 나이에 어울리는 충실한 인생이랄까 생활이란 어떤 것인지, 그게 큰 수수께끼이자 관심사다.

약을 받아 밖으로 나오자 하늘은 아직 파르스름하고 밝았다. 이제 곧 여름이 찾아온다. 어릴 적엔 여름하면 캠프였다. 아웃도어를 좋아했던 아버지는 아마도 자신의 아이들을 자연과 가까이하게 해 주고 싶었으리라. 강 낚시라든지 별자리 관찰이라든지, 아버지가 준비한 지도를 더듬어 가는 보물찾기라든지. 자신도 오빠인 도요도 실외 액티비티가 그다지 좋아지지 않았다고 미도리는 생각한다. 아주 어릴 때는 신나서 까불기도 했을 테지만, 초등학교 중반 때부터 흥미를 잃고, 미도리가 중학교에 들어갈 무렵에는 캠프 자체가 계획되지 않았다. 미도리는 그때 자신이 안심한 것을 기억한다.

역까지 걸어가 자택과는 반대 방향의 전철을 탔다. 오오카야마, 기타센조쿠, 하타노다이. 자택이 점점 멀어져 가고 창밖은 익숙지 않은 풍경이다. 단지 그 이유만으로 마음이 불안하고, 그런 자신을 미도리는 한심하게 여긴다. 앉았을 때 쿠션처럼 몽실몽실한 느낌이 마음에 드는 클러치 백에서 남편이 출력해 준 지도를 꺼낸다. 오늘은 무릎 병원 외에 또 한군데 가고 싶은 장소가 있다.

왜 그곳에 가고 싶으냐면서 남편은 의아해하는 눈치였다. 한번 가 보고 싶었다고 미도리는 대답하고 당신이 알아봐 준 병원에서 가까운 것 같다고 덧붙이기도 했지만, 왜 한번 가 보고 싶었는지는 스스로도 잘 알지 못한다. 가와이 준이치라는 남자와 다시 한번 이야기해 보고 싶었다.

받은 명함에는 동유럽 잡화 전문점이라고 쓰여 있었는데 홈페이지 사진을 보니 서유럽 식기를 비롯해 동남아시아의 바구니라든지 천이라든지 다채로운 구색을 갖추고 통조림과 향신료, 말린 국수 같은 식품도 구비해 놓은 듯하다. 평소 같으면 누군가를 불쑥 찾아가거나 하진 않지만 가게니까 누가 가든 괜찮을 거라고 미도리는 생각한다. 애초에 경찰서로 불려 나갔을 때부터 자신들 가족이 그에게 불손했던 것이 내내 마음에 걸렸다. 고인의 유지를 저버리고 자신들 가족이 아버지의 유골을 공원묘지에 안장하지 않았던 것도. 물론 그것은 가와이 쥰이치와는 무관한 일이다. 하지만 그래서 너더욱 그에게 이해를 구할 필요를 느낀다. 그는 시종일관 친절했고 직접적인 유족이 아님에도 불구하고 앞장서서 납골 절차를 밟아 주었다. 돌아가신 세 사람의 유지를 존중하고 싶었으리라.

전철에서 내려 지도에 의지해 걷는다. 모르는 동네다. 가게는 상점가 안쪽에 있는 듯하다. 사람도 많고 자전거도 많다. 잎이 무성하게 달린 그대로 무와 당근을 늘어놓은 채소 가게, 저도 모르게 멈춰 서서 넋 놓고 보고 말 정도로 반짝반짝 윤기 나는 생선이 늘어선 생선 가게, 음악이 흘러나오는 드러그스토어. 바깥에 포장마차 비슷한 것을 내놓고 각종 반찬이며 과자를 파는 가게도 있고 튀김이며 소스 냄새가 그때그때 코에 와 닿는다. 어쩐지 정겨운 기분이 들면서 요즘 보기 드물게 활기찬 상점가다 싶었는데 가만히 생각해 보니 미도리가 사는 동네에는 상점가라는 것이 없다. 따라서 요즘의 다른 상점가가 어떤 분위기인지 알 도리도 없고 비교할 수도 없었다.

* * *

　그 자그마한 여자 손님이 들어왔을 때 가와이 준이치로서는 지인인지도 모른다고 의심할 이유가 없었다. 따라서 얼핏 보고 단골손님이 아니라는 것만 확인하고는 내버려 두었다. 만약 손님이 무료한 듯 주변을 둘러보거나 특정 상품에 관심을 보인다든지 하면 말을 걸지만, 그렇지 않으면 자유롭게 구경하도록 내버려 두는 게 준이치의 영업 방식이다.

　그렇더라도 가게 안에 다른 손님이 없다 보니, 차례대로 찬찬히 선반을 둘러보며 바구니에 담긴 천을 손끝으로 만져 보거나 통조림을 손에 들고 성분표를 유심히 들여다보기도 하는 그 여성의 움직임이랄까 존재는 싫어도 의식하게 되었다. 분위기 조성의 일환으로서 가게에서는 늘 동유럽 지역의 라디오 프로그램을 BGM으로 삼고 있는데, 지금 흘러나오는 것은 체코 방송국의 프로그램으로 무언가 토론이 이루어지고 있는 듯했다. 준이치는 체코 말을 하진 못하지만 단어는 이따금씩 들린다. 농담이시겠지, 라든가 어지간히 좀 해요, 따위의 관용구도. 그것들을 서로 연결해 보면 아마도 야생 동물 보호(혹은 원시림 보호)에 관한 토론인가 보다고 짐작했을 때 카운터 위에 오스트리아산 돌소금

(같은 것으로 세 개)이 놓였다.

대금을 받고 상품을 종이봉투에 넣어 영수증과 함께 건네자 여자 손님은 "저기." 하고 말했다. "저기, 저, 시노다 간지의 딸인 미도리입니다."

"아."

라는 목소리를 준이치는 냈지만, 그것은 눈앞의 여자와 기억 속 미도리가 일치했기 때문은 아니고 단순히 놀랐기 때문이었다.

"죄송합니다. 전혀 알아보지 못해서."

일단 그렇게 말을 잇는다.

"아뇨."

미도리는 작은 소리로 말하고, 신분증명서라도 보이는 듯이 마스크를 벗었다가 곧바로 다시 썼다.

설령 처음부터 마스크를 쓰지 않았어도 이 여자가 미도리임을 알아챘을 리 없었겠지만 물론 그 말은 입 밖에 내지 않았다.

"그러고 보니, 댁이 가와사키 쪽이었죠?"

준이치는 자신이 알고 있는 한도 내에서 말했다. 네, 하는 대답을 끝으로 미도리는 입을 다물고 어색한 공백이 생긴다. 이 근처에 볼일이 있어서, 라는 유의 말을 기다렸지만,

"이거, 어디 말인가요?"

하고 미도리는 물었다. 신묘한 표정으로 라디오에 귀를 기울인다.

"체코어입니다."

준이치가 대답하자 미도리는 눈을 빛내며,

"어머나."

라고 말했다.

"어머나. 처음 듣는 말이에요."

라고.

"오빠 분은 잘 계십니까?"

그렇게 물으며 의자를 권했다. 단골손님과의 잡담용으로 스툴을 몇 개 준비해 두었다.

"커피와 달콤한 탄산수가 있는데 어느 쪽이 좋으십니까?"

달콤한 탄산수라는 대답이었기에 준이치는 카운터 안쪽의 작은 냉장고를 열었다.

차분한 상태의 이 사람과 이야기하는 건 처음이라고 생각한다. 이전까지 만났던 미도리는 정신없이 울고 있거나 조용히 눈물지을 때뿐이어서, 정황을 생각하면 이해 못하는 건 아니지만 솔직히 말해 아무리 그래도 너무 우는 거 아닌가 하고 준이치는 생각했었다.

"세상이 진짜 큰일 났네요."

잔을 두 개 카운터에 내놓고 자신도 스툴에 앉아 어련무던한 화제다 싶어 코로나를 언급해 보았는데 미도리는 그 말을 묵살하고 느닷없이,

"아버지 일, 여러 가지로 고마웠습니다."

하고 말했다.

"오빠나 저나 제대로 인사도 못 드리고, 그래도 가와이 씨가 안 계셨으면 어떻게 됐을지."

"아뇨, 그건."

준이치는 부정하려다 멈칫하고(아버님 때문에 한 건 아니라는 말을 하마터면 할 뻔 했으나 간신히 표현을 바꾸어 결국),

"괜찮습니다. 누군가는 해야 하는 일이었고, 저는 고인과 혈연관계인 건 아니다 보니, 거리가 있는 만큼 냉정할 수 있었던 것뿐이라서."

라고 대답했다. 하지만,

"그런가요?"

라고 미도리는 대답하고,

"거리, 가와이 씨가 더 가까워 보였습니다."

라고 말을 잇기에 준이치는 당황한다. 그런 것을 비교할 도리

가 없지 않은가.

저는, 하고 미도리가 말을 끊었기에 또 우나 싶었는데 그렇지는 않고, 미도리는 마스크를 벗고 탄산수를 마셨다. 맛있다, 라고 중얼거리곤 이게 뭐냐고 묻는다(엘더플라워 시럽이 들어간 탄산수라고 준이치는 대답했다).

"저는, 모르겠습니다."

탄산수에 관한 대화는 없었던 양 미도리는 준이치를 똑바로 보며 말을 잇고,

"가와이 씨는, 그 세 사람을 말릴 수 있었다고 보나요?"

하고 물었다.

"우리가 말릴 수 있었을까요?"

질문 자체보다 미도리의 어조와 태도에 준이치는 놀란다. 이렇게 명확히 말을 하는 타입의 여성이었던가. 경찰서에서도 공원묘지에서도 그렇게 보이진 않았다.

"모르겠습니다."

준이치는 솔직하게 대답했다. 아무도 말릴 수 없었다고 대답하는 편이 원만했고 미도리도 그 대답을 바라고 있는 느낌이 들었지만 거짓말은 하지 않았다.

미도리는 고개를 끄덕인다. 그리고,

"내내 생각했습니다."

하고 말했다.

"어떻게 하면 말릴 수 있었는지, 랄까, 말릴 수 있었는지 아닌지, 아니, 말렸어야 했는지."

쥰이치는 대답할 말을 찾지 못하고,

"뭐, 생각해도 알 수 없는 것이란 게 있으니까요."

하고 다시 솔직하게 말했다. 이 여성은 몇 살쯤 됐을까 하고 생각한다. 간지의 딸이고 도요의 여동생이라면 쉰네다섯쯤?

"초봄에 조카 따님한테서 메일을 받았습니다."

생각이 나서 쥰이치는 말을 잇는다.

"'가족들이 없는 장소에서 할아버지가 어떤 사람이었는지 알고 싶다'든가 하는 내용의."

"어머나."

미도리는 눈을 크게 떴다.

"하즈키가? 전혀 몰랐어요."

"조카 따님, 외국에 나가 계신다죠."

우선 하즈키한테서 메일이 오고, 이어서 츠토무 씨의 예전 제자라는 중국인 여성한테서 전화가 걸려 오고, 이번엔 미도리다, 하고 쥰이치는 생각했다. 기묘한 일이다. 츠토무 씨가 그런 식으로 떠나지 않았다면 자신이 마주칠 일도 없었을 사람들.

"……셨나요?"

미도리가 뭔가 말을 했는데 그만 놓치고 말았다.

"죄송합니다, 방금 뭐라고 하셨는지?"

"그래서, 가와이 씨는 뭐라고 대답하셨는지 여쭀습니다. 그, 가족이 없는 장소에서의 아버지 말입니다만."

"아."

준이치는 하즈키에게 써 보낸 내용을,

"저는 그 정도로 친하게 지냈던 건 아니라서 이렇다 할 답변은 못했지만."

하고 서두를 뗀 후 띄엄띄엄 이야기했다. 술이 셌던 것, 인텔리였던 것, 늘 세련된 복장이었고 그게 잘 어울렸던 것, 한번은 같이 바다에 갔는데 수영을 잘해서 놀랐던 것, 수제 치쿠와(속이 빈 대롱 모양 어묵_옮긴이)라는 것을 만들어 주셨는데 그게 굉장히 맛있었던 것—.

묵묵히 귀를 기울이고 있던 미도리가 그 대목에서,

"수제 치쿠와?"

하고 되물었다.

"진짜요? 아버지는 확실히 손끝이 야무져서 목공 작업 같은

건 잘했지만 요리는 안 했어요. 어머니에게 맡기고, 그 어머니가
돌아가신 후로도 우동이나 토스트 아니면 캠프처럼 숯불에 고기
며 생선을 그저 굽는다든지, 그런 것만 드셨거든요."

"그렇습니까?"

쥰이치로시는 의외였다. 간지에게는 치쿠와 외에도 몇 차례
맛있는 음식을 대접받았다.

"대관절, 치쿠와는 어떻게 만드나요?"

"그건 흰살 생선을 으깨어 소금과 같이 반죽해서."

쥰이치는 설명한다. 물론 자신은 만들어 본 적이 없고 만들 생
각도 없지만.

미도리가 잠자코 있기에 쥰이치는 마음이 꺼림칙했다. 말하지
말았어야 했는지도 모른다. 여자가 등장하는 이야기라면 몰라도
치쿠와에 위험이 도사리고 있을 줄은 생각도 못했는데.

미도리는 탄산수를 마저 비우고는,

"잘 마셨습니다."

라고 말했다. 일어나는 동작 도중에 얼굴을 찌푸리고 몹시 천
천히 허리를 일으키기에,

"괜찮으십니까?"

하고 묻자,

"네, 괜찮습니다. 무릎 연골이 닳은 것뿐이라서."

라고 대답하고,

"이거, 목 캔디에 대한 답례입니다."

하면서 조금 전 쥰이치가 봉투에 담아 준 오스트리아산 돌소금을 하나 꺼내 카운터에 올려놓았다.

* * *

사우스 캠퍼스 내 오픈 스페이스는 흡사 호텔 로비 같다. 자연광도 들어오지만 여하튼 넓어서 중앙 부분은 낮에도 어둑어둑하고, 수목을 본뜬 조명 기구가 여기저기 배치되어 부드러운 불빛을 던지고 있다. 물을 채운 오브제까지 있는 그 공간에 처음 발을 들여놓았을 때에는 넓이와 호화로움에 겁먹은 하즈키였으나 익숙해지고 보니 학생들의 거실처럼 느껴져 안정감이 들었다. 책을 읽기에는 안성맞춤이다.

하지만 지금은 그곳에 비닐 테이프가 쳐지고 사용 금지가 되어 있다. 마치 TV드라마에서 보는 범죄 현장처럼.

어마어마한 일이 됐네요.

하즈키는 속으로 할아버지에게 말을 걸면서 그 장소의 옆을 빠져나가 건물 밖으로 나간다. 여름 방학 중이기도 해서 건물 안이나 밖이나 휑뎅그렁하다. 어제 노트북 컴퓨터가 다운돼 버렸다. 수리하려면 시간이 좀 걸린다기에 연구실에 놓여 있던 원고 자료를 가지러 왔는데 데이터와 달리 종이는 무겁고 백팩에 당겨져 봄이 뒤로 자빠질 것 같은 기분마저 들었다. 과연 이 상태로 자전거를 탈 수 있을지 걱정이었다.

안데르센, 자서전을 너무 많이 써요.

하즈키는 할아버지에게 호소한다. 실제로 안데르센에게는 몇 버전이나 되는 자서전이 있고 여기저기 모순되는 기술이 있다 보니 연구가들로서는 흥미로운 동시에 성가신 일이기도 했다. 안데르센에게는 자서전조차 이야기가 되어 버리는 경향이 있기에 사실이라는 관점에서 보면 어느 버전도 신용할 순 없지만 오히려 그렇기 때문에 그가 후세에 남기려 한 자기상에 하즈키는 끌린다.

잔디 사이의 샛길을 걸어 나왔을 뿐인데 금세 땀이 밴다. 차단해 줄 만한 것이 아무것도 없어서 햇볕에 정수리가 달궈진다.

여기 사람들은 햇볕을 좋아하니까.

혼자 걸으며 할아버지에게 말을 걸었다.

학내 잔디밭에서도 종종 일광욕을 해요. 탱크톱이라든가 짧은 바지 차림으로.

목소리는 내고 있지 않아도 짐이 무겁다 보니 숨이 차서 머릿속 말도 뚝뚝 끊어지는 게 스스로도 우스웠다.

사람에 따라선 로션까지 바르고.

떠올리다 하즈키는 쓴웃음을 짓는다. 여름내 이곳을 걸으면 풀 냄새에 로션 냄새가 섞여서 난다. 귀에 이어폰을 꽂고 잠을 자거나 책을 읽기도 하는 맨살을 드러낸 사람들.

올해는 그런 사람도 없다. 거리도 한산하고 어쩌다 눈에 띄는 사람은 모두 — 주로 검은 — 마스크를 쓰고 있다. 이런 코펜하겐을 안데르센이 봤다면 틀림없이 놀라겠지. 하즈키는 그렇게 생각하다 아냐, 하지만, 하고 고쳐 생각한다. 그가 살았던 시대는 지금보다 비위생적이었을 테고 의학도 발달하지 못해서 분명 질병의 유행도 드문 일이 아니었을 테니 오히려 평소 일광욕을 하는 학생들의 모습에 더 놀랄지도 몰라.

하즈키는 도서관 옆 그늘에 세워 놓은 자전거의 잠금장치를 푼다. 백팩은 짊어지는 것보다 앞으로 안듯이 메는 편이 안전할 것 같았는데 막상 안장에 올라앉아 보니 불안정해서 결국 다시 뒤로 멨다.

파란 하늘이다. 조용하면 하늘의 푸르름이 두드러진다. 이런 것을 두고, 빠져나갈 듯한 푸른 하늘이라고 하는 거겠지(한없이 맑고 투명한 하늘을 뜻하는 일본어식 표현_옮긴이), 라고 생각한 하즈키는 자신의 말이 걸린다. 빠져나간다니 뭐가 빠져나간다는 걸까. 하늘이? 그게 무슨 의미인지—. 일본에 있었을 때는 의식한 석이 없었는데 일본어는 어렵다. 이런 건 할아버지한테 물으면 틀림없이 가르쳐 줬을 텐데 이제 할아버지에게는 — 말을 걸수는 있어도 — 물을 수 없었다.

* * *

　진찰실 창문을 열자 팔손이나무가 비에 젖어 있었다. 나는 습한 바깥공기를 들이마신다. 그러자 다시 그 상상이 머릿속을 뛰어다녔다. 그런 일은 못하고, 안 할 걸 알고 있음에도 최근 정신을 차려 보면 나는 상상하고 있다. 세부적인 것은 그때그때 다르지만 기본적으로는 같은 행동에 대한 상상이며 같은 결말에 이른다. 그 상상 속에서 나는 우선 짐을 정리해 집을 나온다. 이것은 그리 어렵지 않을 터이다. 원래 소지품이 많은 편은 아니고 물건에 깊은 의미를 두는 편도 아니어서 여차하면 빈손으로 (대충 지갑과 스마트폰만 챙겨) 실행하고, 필요한 건 새로 사거나 나중에 가지러 가면 된다. 거처는 큰 욕심 안 부리면 직장 근처에 구할 수 있겠지. 그때까지는 직장에서 숙박하면 된다. 숙직실 외에 휴게실도 있고 간이 키친도 있고 샤워 부스도 있으니까 (하지만 상상 속의 나는 근처 대중목욕탕에 간다).

그렇게 우선 물리적인 거리를 확보하고 나서 아내의 이해를 구한다. 이 공정은 상상할 때마다 마이너 체인지가 되풀이 되는데 중요한 것은 부부이자 가족임에는 변함이 없고 내 방이 집 밖에 있을 뿐이라는 걸 이해받는 일이다 (야생 사슴의 생태를 예로 들어 이야기할 작정이다). 물론 아내는 화를 내겠지만 그녀의 성격상 화는 얼마 못 가 어이없다는 투로 바뀔 것이다.

다행히 아내의 친정은 우리 맨션에서 가깝다. 첫 육아를 앞두고 나보다 친정 부모님이 훨씬 마음 든든한 존재임은 틀림없고, 요리며 빨래 등 내 뒤치다꺼리를 하지 않아도 되는 만큼 아내의 부담은 줄어들 터이니 남편이 다른 장소에 산다는 이 형태를 내가 상상하기로는 결과적으로 아내도 마음에 들어 한다 (최악의 경우일지라도 받아들인다).

왜 안 돼? 병원에 가서 임신 사실을 확인한 후 이미 엄마가 될 마음으로 가득 차 있는 듯 보이는 아내는 남자인 내가 없는 장소에서 꺼릴 것 없이 모자母子 왕국을 구축하고, 나는 지금까지 이상으로 열심히 열정적으로 일해 모자의 생활을 뒷받침할 것이다.

기묘하게도 상상 속의 내게는 고독도 불안도 소외감도 없다. 그저 평온하고 안정되어 있다. 스스로도 무책임하다고 생각한다. 무책임하고 비뚤어져 있다고. 하지만 아마도 그게 나라는 인산의 본성이리라.

오늘은 오전 중에, 전기 코드를 물어 끊고 그 일부를 삼켜 버렸는지 모르겠다는 잭 러셀 테리어를 진찰하고(엑스레이를 찍어 봤지만 위에 이물질은 발견되지 않았다), 매일 통원하는(아마도 마지막이 가까운) 토이 푸들에게 투석을 진행하고, 심한 변비라는 아메리칸 쇼트헤어며 설사를 하는 래브라도며 식욕이 없다는 잡종묘, 귀 처짐이 심한 코커 스패니얼 등을 진료했다. 오후에도 예약이 차 있다.

이곳에 데려오는 동물들의 증상은 다방면에 걸쳐 있으며 그중에는 암도 있고 싸움의 상처도 있고, 교통사고도 있고 실명도 있다. 그와 같은 글자 그대로 생사가 걸린 아수라장에 나는 날마다 대처하고 있는 셈이지만, 내 자신에게 아이가 생긴다는 사태에는 도무지 대처할 수가 없다. 이상한 걸까. 하지만 이곳에서 내가 날마다 제공하고 있는 건 순수한 의료 기능이며, 동물 개개의 생애 — 이른바 퀄리티 오브 라이프 — 에 대한 책임을 지는 것은 수의사가 아니라 보호자이다. 나와 아내 사이에서 태어난 아이의 생애(그래, 퀄리티 오브 라이프)에 대한 책임은 적어도 그 아이가 성인이 될 때까지 나와 아내가 져야 한다.

* * *

잇따라 천둥이 치고 하늘이 험상궂게 변하고 있다는 것을 창문 없는 스태프 룸에 있는 로코도 알 수 있었다. 오후 6시, 로코는 전용 스마트폰으로 전송받은 회원들의 식생활 보고 하나하나에 코멘트를 달아 전부 회신한 참이다. 매일 아침저녁으로 하고 있는 일이다. 로코에게는 스포츠 클럽 내 카페에서 제공하는 식사와 스낵의 내용을 생각하고, 식자재 수배 및 관리, 주방을 감독하는 일 외에 희망하는 회원의 식생활에 관해 조언하는 일이 있는데 이것이 꽤 힘든 작업이다. 매뉴얼이 있어서 거기에 따르기만 하면 되는 이야기이긴 하지만, 로코에게는 한 사람 한 사람의 얼굴이 보인다. 근육 트레이닝이니 수영이니 요가에 힘쓰는 모습도, 차트에 쓰여 있는 저마다의 목적 — 체중 감량과 체질 개선, 건강 유지와 근육 증량 — 과 저마다 안고 있는 문제점 — 음주 및 흡연, 낮밤이 뒤바뀐 근무 시프트, 한창 먹을 나이의 자녀가 있다거나 아내가 요리 솜씨를 뽐낸다거나, 자취를 아예 못한다거나 — 도 알고 있기에 저도 모르게 매뉴얼에서 벗어나 상세하게 조언을 하고 만다. 회원들의 식생활은 극단적이다. 채소와 현미라든가 닭가슴살과 브로콜리 따위만 먹으려 드는 사람이 있는가 하면, 다치구이 소바(좌식 없는 가게에서 서서 먹는 메밀국수_옮긴이)라든가 편의점 도시락이 위주인 사람도 있다. 대부분은 그 중간이지만, 그래도 간식이 잦거나 포식하는 경향이 있는 등 치우쳐 있다. 하루 한 끼만 먹는 사람도 제법 있다. 스포츠 클럽의 방침으로서 될 수 있는 한 개개의 스타일을 존중하기로 되어 있기 때문에 조언도 어김없이 개인적이 된다. 세상에는 정말 다양한 사람들이 있는 것이다. 이 일을 하면서 로코는 그것을 실감한다.

　퇴근 채비를 하려고 일어나다가 — 스포츠 클럽은 영업이 정상화되었지만, 카페는 아직 점심시간에만 문을 열기 때문에 로코의 퇴근 시간은 이전보다 이르다 — 벽 앞에 놓인 전신 거울에 문득 눈이 갔다. 희끄무레한 형광등 불빛 속에 피곤에 젖은 중년 여자가 서 있다. 천둥 소리 탓인지 방 자체도 어쩐지 평소보다 쓸쓸해 보인다. 로코는 거울에 다가갔다. 연분홍색 폴로셔츠에 검정 트레이닝팬츠, 가슴 주머니에 꽂은 직원증. 폴로셔츠

색상은 트레이너가 흰색, 청소 스태프가 검정, 주방 스태프가 연분홍색으로 정해져 있어서 어쩔 수 없지만, 연한 색상 때문에 피부의 칙칙함이 더 도드라져 보인다. 아마 곧 있으면—. 거울에 달라붙을 듯이 얼굴을 바싹 대고 로코는 생각했다. 아마 곧 있으면 불도그처럼 뺨이 축 처지겠지. 어머니가 그러했던 것처럼.

*

예쁜 호스티스, 라고 치사코가 언급한 여성 — 니시우미 유키코라는 이름이었다 — 과의 생활을 자신이 잘 기억해 내지 못하는 것에 시게모리 츠토무는 당황한다. 그것이 이른바 마지막 정사였기에 좀 더 선명한 색조를 띠고 떠올라도 좋으련만, 기억은 그 이전에 관계를 가졌던 여자들과의 이것저것과 다를 바 없이 멀고 단편적이며 부드럽다. 그 부드러움은 아마도 미화로 일컬어지는 것일 거라고 츠토무는 생각한다. 좋았던 일, 즐거웠던 부분밖에 기억나지 않으니까.

유키코와는 2년 정도 같이 살았다. 꼼꼼한 데다 깔끔한 것을 좋아하는 여자여서 방 안이 조금이라도 어질러져 있으면 잠이 안 온다 하고 동틀 녘에 자주 청소를 시작했다. 직장에서는 기모

노를 입었지만 평소에는 청바지를 즐겨 입었고, 츠토무는 청바지를 입고 있을 때의 그녀가 좋았다. 요리는 그다지 잘하진 못했지만 정월에는 고향의 맛이 나는 떡국을 만들어 주었다 (거기에는 방어가 들어 있었다). 한물간 뮤지션 같은 남동생이 있었다. 그 남동생이 어떻게 생계를 유지했는지 츠토무는 알지 못한다. 이쩌면 유키코가 도와줬는지도 모르지만 거기에 대해 물어본 적은 없다. 그런 관계였다. 서로 이미 젊지 않았고, 상대의 모든 것을 알려 하거나 자신의 모든 것을 알리려 하지도 않았다. 따라서 다툰 적도 없고, 단지 같이 자고 같이 일어나는 상대가 있다는 것에 적어도 츠토무는 만족했다.

그래서 유키코가 나갔을 때도 츠토무는 놀라지 않았다. 어차피 그렇게 될 줄 알고 있었던 것 같은 기분이 들었다. 당시엔 상당히 넓은 맨션에 살고 있었기에(매달 집세가 55만 엔이었던 것으로 기억한다) 갑자기 집 안이 휑하니 살풍경해졌다고 느끼긴 했지만, 그와 동시에 자신이 원래의 자신으로 돌아온 듯한 홀가분한 기분이 들었던 것도 사실이다. 요컨대 자신은 그다지 마음 아파하지 않았던 거라고 츠토무는 생각한다.

젊은 시절에는 열정과 본능이 향하는 대로 뭔가 나사 풀린 사람처럼 상대에게 빠져들고, 뺏고 빼앗기고, 집착하고 집착당하며 탐하듯이 살았던 적도 있지만 유키코와 사귀던 무렵에는 이미 그런 단계는 지나 있었다. 따라서 그로부터 몇 년인가 지나 란즈를 만나 마음이 끌렸을 때에는 당황했고, 스스로 자신의 마음을 주체하지 못했다.

그 감정이 무엇이었는지 지금 생각해도 알 수 없다.

처음 만났을 무렵 란즈는 아직 스무 살 안팎이었다. 나이보다 어려 보이는 동글동글한 얼굴에 피부가 깨끗한 아가씨로 세상의 추잡함 따위는 얼씬도 못할 듯한 빛나는 생명력이 있었다. 똘똘한 아가씨이기도 해서 일본어 실력이 금세 향상되었다. 하지만 그게 다였다. 맹세코 말하지만 교사 시절의 츠토무에게 란즈는 학생의 한 사람에 지나지 않았다. 신기하게도 5년이 지나고 10년이 지나도 란즈의 인상은 변함이 없었다. 이미 스무 살은 아닌데 마치 스무 살처럼 소박하고 무방비해 보였다. 취직했다는 보고를 받기도 하고 이직 상담을 요청받기도 하고, 남자 친구를 소개받는가 하면 헤어졌다는 소리를 듣기도 하고, 처음으로 룸메이트 없이 생활하기로 마음먹은 그녀와 같이 부동산 중개소에도 가고, 아버지의 날이라는 이유로 불려 나가 같이 식사를 하는 등 교류가 이어지고, 정신을 차려 보니 츠토무는 자신의 인생에 이대로 란즈가 있어 주길 바라고 있었다. 욕정을 품었던 건 아니다. 그런 감정을 품기엔 란즈는 너무 빛났다. "벤 선생님!" 만나면 늘 활짝 웃는 얼굴로 그렇게 목소리를 높이고 전적인 신뢰를 보내 주었다.

란즈를 돕고 있다고 생각했는데 정작 도움을 받고 있는 건 이쪽이었다고 뒤늦게나마 깨달은 것인지도 모른다. 잃고 싶지 않다고 생각하고, 하지만 그건 이기적이지 않나, 라는 생각도 했다. 남편이 될 사람을 만나기 전부터 이미 그녀는 츠토무의 손이 닿지 않는 곳에 있었다. 함께 있을 수 있다면, 라는 감정은 그럼에도 욕정이라 불릴 만한 것일까. 자신에게 있어 마지막의?

"저기, 이거, 뭔지 알아?"

치사코의 그 말에 츠토무는 현실로 되돌아온다.

"담뱃갑이겠지, 옛날에 치사코가 애용하던."

가방에서 꺼낸 빨갛고 네모난 물체를 보고 간지가 대답했다.

"맞아, 하지만 무슨 담뱃갑인지 기억해?"

무슨 담뱃갑인지—. 말의 의미를 잘 이해할 수 없었지만, 기억나지 않는다고 간지가 대답하고, 나도 전혀 안 난다고 츠토무도 동조했다.

"기억해야만 하는 거야?"

그리고 그렇게 물었다.

"그러니까, 당신들이 준 거야. 다 같이, 내 환갑 때."

츠토무는 기억하지 못했고 아마 간지도 그렇지 싶었다. 당신들이라지만 그건 누군가가 돈을 모으고 또 다른 누군가가 품목을 골랐다는 의미이며, 그런 일을 한 누군가는 대체로 여자들이었다. 치사코의 동기이거나 후배이거나. 하지만,

"담배를 끊은 지 벌써 십 년이 넘었는데 이건 도저히 못 버리겠어서."

라고 말하면서 자못 소중한 듯이 그 빨간 케이스(안쪽은 금색으로, 닦은 것처럼 반들반들 윤이 난다)를 여닫아 보이는 치사코에게 그런 말은 못하고 츠토무는 잠자코 있었다.

"이건 말이지."

치사코는 또 다른 물건을 가방에서 꺼낸다.

"스미에 선생이 여류 문학상을 받았을 때 달고 계셨던 브로치. 수상식 이후 파티 자리에서 갑자기 떼서 나한테 주셨어. 담당자에게, 라고 말씀하시면서."

"아, 『배불뚝이 난로와 포도』."

간지가 곧바로 책 이름으로 응답한다. 담배 케이스는 잊어도 책에 관한 것은 잊지 않는 게 너무나도 간지다웠다.

그 간지가 조금 전에 화장실에서 돌아온 후 술을 입에 대지 않

는 것을 츠토무는 알아차렸다. 옛날부터 좋아한 스카치 온 더 록을 앞에 두고는 있지만 실제로는 체이서용 물을 마시고 있다. 방에 들어갈 때 취해 있고 싶지는 않은 것이리라. 이제 곧 모든 것이 끝나는 거라고 츠토무는 생각한다.

치사코의 "이건 말이지"는 아직 계속되고 있었다. 경애하는 화가한테서 받은 편지라든지, 손녀가 쓴 소설이라든지, 에리코짱 ─ 이란 치사코가 예뻐한 후배로 츠토무도 잘 기억하는 여성인데 젊은 나이에 병으로 사망했다 ─ 이 만들어 준 철사 세공 강아지라든지. 하나씩 꺼냈다가는 도로 넣으며,

"내가 산 건 전부 처분할 수 있었는데 누구한테 받은 건 그게 안 돼서."

하고 마치 야단맞을 것을 각오한 어린아이처럼 머뭇머뭇 말한다.

"치사코 거니까 갖고 있으면 되지."

간지가 응답하고,

"소지품을 처분한 것만으로도 두 사람 다 훌륭해요."

하고 츠토무는 말했다. 낮에 떠나온 아파트를 생각한다. 주거를 정리했을 뿐만 아니라 해약이나 매각 따위의 절차까지 깔끔하게 마치고 온 듯싶은 두 사람과는 달리 츠토무는 이도저도 다

그대로 놔둬 버렸다. 2년쯤 살았던 그 해 잘 안 드는 방에 값나갈 만한 것은 하나도 없다. 집세가 꽤 밀린 터라 어차피 바로 처분될 것이다.

＊

작은 얼굴을 반쯤 가린 마스크는 흰색과 분홍색이 들어간 깅엄 체크이고, 엄마를 따라온 하루히짱은 그런 '귀여운 것'을 '열 장보다 더 많이' 갖고 있다고 밀했다. 만들어 주는 사람은 '엄마가 아니라 할머니'이고 '펭귄 마스크, 꽃 마스크, 레이스 마스크'가 있단다. 아직 어린데 날마다 그런 것을 하고 다니자니 자못 우울하겠다고 도우코는 동정했지만(그도 그럴 것이 도우코 자신이 아직도 마스크에 익숙지 않기 때문이다) 정작 당사자는 전혀 힘들어하는 기색도 없이,

"자, 엄마는 이제 가, 가. 늦으면 큰일이잖아."

하고 엄마를 쫓아 보낸다.

"예의 바르게 굴고?"

라는 엄마 말에는 팔꿈치를 쑥 내미는 포즈로 답했다(서로 팔꿈치와 팔꿈치를 맞부딪치는 게 이 모녀의 요즘 인사인 듯하다).

그리하여 도우코와 단둘이 있게 되자,

"아, 이 방, 얼마 만인지."

하고 과장스러울 정도로 진지하게 말하며 주위를 둘러보았다.

"하나도 안 변했네요, 방도 도우코짱도."

마치 몇 년 넘게 못 만났던 것 같은 말투에 도우코는 내심 쓴웃음을 지었다. 그야 변하지 않아, 라고 말하고 싶었지만 어린아이에게 5개월(마지막으로 온 게 3월이었으니까 아마 그쯤 됐지 싶다)은 어른이 느끼는 그것보다 길겠거니 고쳐 생각하고,

"하루히짱은 조금 컸나? 그밖에 또 어딘가 변한 거 없어?"

하고 물었다. 몸의 크기도 사교적인 태도도 도우코 눈에는 이전과 다를 바 없어 보였지만 하루히짱은 몇 초 생각한 후에 진지한 음성으로 대답한다.

"옛날보다 그림을 잘 그리게 된 것 같아요."

옛날—. 다섯 살배기 아이가 사용하는 그 단어에 왜 그런지 감동을 받으며 도우코는 서랍을 열고 크레용과 색연필과 사인펜을 꺼낸다(스스로도 기묘하다고 생각하지만 도우코는 옆집 아이를 위해 그것들을 늘 갖춰 두고 있다).

"비엔! 그림 솜씨가 어떤지 좀 봅시다."

비엔이니 봉이니 굿이니, 도우코가 어설픈 외국어를 쓰면 하

루히짱은 늘 웃는다. 그리고,

"비엔!"

하고 그 부분만 되풀이하여 대답한다. 똘똘하다. 그런 식으로 두 사람 사이에서 유행한 말 중에 니하오가 있다. 한때는 현관문을 열자마자 외치곤 했는데 최근엔 말하지 않게 되었다. 이 아이에게 아마도 그건 이제 '철 지난' 유행인 것이리라.

하루히짱의 오랜만의 방문은 일상이 돌아오고 있는 징조 같아서 기뻤지만 한편으론 어수선한 기분이 들기도 했다. 이렇게 어린아이가 한 명 있는 것만으로 방 안의 모습이 평소와 완전히 달라지고 만다. 분위기가 떠들썩해지는 것이다. 그것은 하루히짱이 수다스러워서가 아니다. 실제로 이 아이가 묵묵히 그림을 그리고 있는 지금도 도우코에게는 부산스럽고 떠들썩한 기운이 느껴진다. 하루히짱한테서 발산되는 기운, 다른 사람의 존재—.

놀러 와 주는 건 좋지만 재워 달라고 한다면 아마도 나는 난감할 거라고 도우코는 생각한다. 모리야에 대해서조차 그렇게 생각한다. 옛날부터 다른 사람과 협력해서 일을 하는 것이 서툴렀다. 소설가라는 직업을 선택한 것도 기본적으로 혼자서 할 수 있는 일이기 때문이며 그런 자신에게는 어딘가 결여된 부분이 있는 건지도 몰랐다.

수입이 불안정한 직업이고 의뢰가 끊기면 하루아침에 실직자 신세가 돼 버린다는 공포는 있어도 이 일에 종사하길 잘했다고 도우코는 진심으로 생각한다.

"남자에게 너무 기대해선 안 된다."

일찍이 치사코 씨에게 그런 말을 몇 번인가 들었다.

"남자가 있든 없든 살아갈 수 있도록 자신의 일을 가지렴."

라고. 그래서 첫 책이 나왔을 때 치사코 씨는 무척 기뻐해 주었다.

"사인해 줘, 사인."

코끝에 걸쳐 쓴 노안경 너머로 눈을 빛내며, 본인이 '독서 의자'라고 부르던 부드러운 가죽 암체어(그러고 보니 그 의자는 어떻게 됐을까. 버리기엔 아까운 의자였다. 하지만 그렇게 말하자면 그 맨션에는 세련된 플로어 램프와 손때 나게 오래 사용한 테이블과 그 외 생전에 치사코 씨가 독자적인 심미안과 아이디어를 발휘해 고른 가구며 가재도구가 여러 가지 있었다)에서 몸을 내밀고 그렇게 말한 치사코 씨의 모습과 표정이 눈에 선하다.

남자가 있든 없든——.

당시에는 아무 생각 없이 흘려들었는데 그 말 뒤에는, 아니 치사코 씨의 머릿속에는 늘 도우코의 엄마인 딸이 있었으리라. 사는 곳도 직업도, 취미며 복장까지도 남자에 따라 어이없이 바뀌는 엄마가 도우코는 이해되었던 예가 없고, 십 대 무렵에는 혐오했다(지금도 이해는 못하지만 혐오와 같은 격한 감정은 이미 솟지 않고 차라리 감탄하고 만다).

치사코 씨를 떠올리자 그리움과 가책에 가슴이 삐걱거린다. 마땅히 갈 곳이 없었을 무렵에는 수시로 의지하여 기어들어 가 살았으면서 자신의 생활이 안정된 후로는 발길을 딱 끊었다. 마치 남자에 따라 생활을 바꾸는 엄마 같은 처신이 아닌가.

치사코 씨가 시금 보고 싶다고 도우코는 생각한다. 그리고 만약 지금 치사코 씨가 이 방에 있다면 틀림없이 하루히짱과 죽이 잘 맞겠거니 상상한다.

산 자보다 죽은 자를 더 가깝게 느끼다니 이상하죠.

얼마 전 하즈키한테서 받은 메일에 그런 문장이 있었다. 분명 하즈키도 할아버지를 자주 떠올리겠지만 하즈키와 생전의 시노다 간지가 얼마만큼 만났었는지는 알 수 없다. 도우코가 느끼는 것과 같은 가책을 하즈키도 느낄 때가 있을까.

그림을 다 그린 하루히짱은 한동안 짐 볼에 기어 올라가 놀았는데 그것도 싫증나자 '심심하다'라고 자진 신고했다. 도우코는 인터넷 영화 중에서 어린이 대상으로 보이는 것을 골라

튼다. 하루히짱 엄마가 미용실에서 돌아오려면 아직 시간이 걸리리라.

벽에 붙인 종이에 새롭게 그려진 것은 거대한 김초밥으로 새까만 김에 박력이 느껴진다. 대체 왜 그런 것을 여기다 그려 주었는지는 의문이지만, 끄트머리로 엿보이는 속재료는 노란색, 녹색, 분홍색으로 나누어 칠해 놓았고, 전체적으로 맛있어 보인다고 해도 좋을 솜씨여서 '옛날보다 그림을 잘 그리게 되었다'라는 말은 사실이었다고 도우코는 가볍게 놀라는 동시에 내심 인정한다.

* * *

생일을 맞아 시노다 도요는 58세가 되었다. 하지만 평소와 딱히 다를 바 없는 하루로, 출근하는 게 마음 편하다는 이유로 회사에 가고, 이른 퇴근이 장려된다는 이유로 일찍 돌아왔다. 건강을 위해 한 정거장 전에 전철에서 내려 걷기로 정해 놓았기에 (물론, 술을 마신 날은 꼭 그렇지는 않지만) 날씨가 좋지 않았음에도 걷고, 도중에 최근 늘 그러하듯이 아내에게 전화를 걸었다. 지금 슈퍼마켓 근처인데 뭐 필요한 건 없는지, 하고 묻는 것이 일

차적인 목적이지만 도요는 내심 그것 때문에 전화를 거는 건 아닌 듯한 기분이 든다. 무언가가 필요하다는 말을 들은 예가 없기 때문이며 아내의 대답은 으레 "괜찮아. 조심해서 얼른 들어와요."이다. 생일인 이 날도 그랬다. 그렇다면 자신은 왜 날마다 전화를(이 또한 술을 마신 날은 꼭 그렇지는 않지만) 거는 걸까. 휴대전화를 호주머니에 도로 넣고 다시 걸으며 도요는 생각한다. 이제 곧 도착해, 라고 알리지 않고 들어가기엔 마음이 내키지 않는다. 자신이 침입자가 된 듯한 기분이 들기 때문이며, 그렇다면 그건 불합리한 일이다. 자신의 집이므로 좀 더 당당하게 들어가야 마땅하지 않은가. 얼마 전에 도요는 아내한테서 당신은 퇴근해 들어올 때면 늘 기분이 언짢아 보인다는 말을 들었는데 그 이유를 이제 알 것 같았다. 침입자도 싫지만 굳이 전화로 알려야만 될 이유도 없을 테고, 이러나저러나 납득이 가지 않기 때문이다. 특히 오늘처럼 한 손에 우산, 한 손에 가방을 든 상태에서 전화를 건다는 건 고행이었다.

그런 생각을 하면서 집에 도착하자 대문 등의 빛이 비에 번지고 마당의 나무는 죄 촉촉하게 젖어 있었다.

저녁 식사 자리에서 아내에게 생일 축하 선물로 슬리퍼를 받고(에어 매트리스라는 것도 받았는데 그건 이미 침대에 깔려 며칠 전부터 사용하기 시작했다), 여동생 내외가 보낸 소포를 뜯었다(샴페인 외에 무슨 영문인지 소금이 한 봉지 들어 있었다). 도요는 휴대 전화를 꺼내 오전 중에 딸이 보내온 짧은 문자 메시지('생일 축하해요, 아빠! 건강 잘 챙기시고, 엄마랑 인생을 많이 즐겨 주세요! —하즈키')를 아내에게 보였다.

"장식할 수 있게 종이 카드로 하라고 매년 말했는데."

아내는 못마땅한 듯이 중얼거렸지만, 문자 메시지라면 가지고 다닐 수 있고 언제든 볼 수 있어서 그 편이 좋다고 도요는 생각한다. 실제로 식사를 마치고 서재로 들어오고 나서도 그 뚝뚝한 문장을 다시 한번 바라보았다.

하즈키는 앞으로 어떻게 할 작정인 걸까 생각한다. 작년에 모교로부터 덴마크어인지 비교 문학인지 강사직 제안을 받은 모양인데 아직 귀국할 마음이 없어서 거절했다고 나중에 들었다(그 아이는 늘 사후 보고다). 도요로서는 귀국을 재촉할 생각은 없지만 이대로 저쪽에서 연구가로서 살아갈 수 있을 만큼 학문의 세계가 만만하진 않을 테고, 일반 기업에 취직하려면 외국보다는 국내가 선택의 폭이 넓지 싶다.

전화를 걸어 볼까 하는 마음이 든다. 전보처럼 짧은 문장이었다고는 해도 축하 메시지를 보내 준 것이니 전화로 고맙단 말을 하는 건 자연스러운 일일 것이다. 고맙단 말을 하고 잘 지내는지 묻고, 딸의 근황에 한동안 귀를 기울이고 나서 앞으로의 전망에 이야기를 맞추면 된다. 그렇게 생각하다 도요는 망설인다. 그런 식으로 일이 원활하게 흘러갈 것 같진 않았다. 딸과 전화할 때면 왜 그런지 자꾸 입을 다물게 되고 스스로 자신의 침묵을 이기지 못해 결국 아내에게 수화기를 건네면서 끝난다. 게다가 지금 저쪽은 — 하고 시차를 계산하며 도요는 생각했다 — 오후 한 시 조금 전이다. 딱 점심시간이지 싶다. 대학 카페테리아나 거리의 저렴한 식당에서 그 잘 모르겠는 오픈 샌드위치(명물인 듯 이전에 놀러 갔을 때에는 그것만 먹게 되어 질렸다)를 먹고 있는 참인지도 모르고, 친구든 교수든 도요가 모르는 남자와 함께 있는지도 모른다. 그렇지 않고 하숙집에서 밥을 해 먹고 있는 참인지도 모르고, 점심은 뒷전으로 한 채 도서관에 틀어박혀 있는지도 모르지만 어차피 하즈키는 하즈키가 하고 싶은 걸 하는 것이니 괜히 방해를 해서 환영받지 못하는 손님의 기분을 맛보게 되는 건 싫다.

전화는 단념하고, 음반을 들을 기분도 아니었기에 시간을 주체하지 못한 도요는 목욕을 하고 오늘 밤은 일찍 자기로 마음먹는다. 빗소리가 잠을 불러올지도 모르고 적어도 침대에는 에어

244

매트리스가 깔려 있다.

* * *

　사전 정보대로 연보라색 코스모스가 벌써 만발해 있다. 하늘은 흐리고 이따금 비가 내리는 얄궂은 날씨지만 아내의 두 번째 희망이 무사히 완료된 것에 안도하면서 나는 스마트폰 카메라를 켠다(첫 번째 희망은 그랜드 하얏트 호텔에 묵는 것이며 그건 이미 체크인을 마쳤다).

　코스모스를 배경으로 아내는 눈에 띄기 시작한 배에 손을 얹는 포즈를 취했다. 통 넓은 검정 원피스는 민소매이고 아동복처럼 하얀 칼라가 달려 있다. 바로바로 사진용 웃음을 짓는 능력이 있는 아내는 그런 탓에 어느 사진이든 같은 얼굴 같은 표정이지만 신기하게도 당사자 눈에는 차이가 있는 모양이어서 찍고 난 후의 검열이 엄격하다(그래서 물론 나는 공을 들여 몇 장이고 찍었다).

　공원 안은 넓고 보고자 했던 코스모스 외에도 다양한 꽃이 피어 있다. 관리하려면 보통 일이 아니겠거니 나는 생각하고, 그 점을 고려하면 입장료 1,200엔은 싸다는 생각도 했다. 비탈이며 계단도 많고 군데군데 물웅덩이도 생겨나 있어서 걷기 힘들지만, 아내는 기분도 몸 상태도 좋은 듯 거침없는 발걸음으로 내 앞을 걸어간다. 그리고 마음에 드는 풍경(파랑, 하양, 노랑, 오렌지 등 알록 달록한 꽃이 융단처럼 이어진 장소라든지 자신의 키보다 높이 자란 해바 라기가 비에 젖어 풀 죽어 있는 한 모퉁이)을 만날 때마다 내게 사진 을 찍게 했다.

임신 20주차인 임산부를 비행기에 태워도 괜찮을지 알 수 없 었지만, 안정기에 접어들었으니 괜찮다(고, 의사도 그렇게 말했다)면 서 아내는 초음파 검사를 배 위로 할 수 있게 되었다느니 슬슬 태 동도 시작된 것 같다느니 안정기 정보를 늘어놓았다. 아내에 따르 면 이 시기의 여행은 신혼여행보다도 중요하단다. 아이가 태어나 면 당분간 둘만의 여행은 어림없을 테니까. 그 이유란 것이 내 귀 에는 심한 협박으로 들렸지만 자기 엄마도, 이미 출산을 경험한 친구들도 모두 그렇게 말한다는 데에는 반론할 수가 없었다.

"봐 봐! 예쁘다."

기쁜 듯한 목소리와 함께 아내가 돌아본다. 그녀가 멈춰 서서 보고 있는 건 꽃은 아니고 커다란 거미집이었다. 나뭇가지 사이 에 쳐 놓은 정교하게 짜인 그것이 작은 물방울을 가득 달고 있는 모습은 확실히 예뻤다. 다만 중앙에는 커다란 거미가 떡하니 자리하고 있다. 노란색과 검은색이 뒤섞인 그로테스크한 녀석이다. 평소 아내는 작은 집 거미조차 무서워한다. 그런데도 지금은 거미집 옆에서 포즈를 취하고 있다.

"찍게?"

비는 그쳤지만 바람이 불고 있었다. 거미는 바람을 타고 난다. 만약 지금 난다면, 하고 생각하니 별로 가까이 다가가고 싶지 않았다.

"거미, 싫어하는 거 아니었나?"

"집 안에서는. 밖에서라면 괜찮아, 어쩔 수 없잖아, 생명이고."

집 안에서도 생명일 텐데 하고 생각했지만 나는 잠자코 사진을 찍었다.

바다가 내려다보이는 돈대라든가 염소가 있는 한 모퉁이(울타리 너머로 먹이를 줄 수 있다. 임신 이후 생명에 민감해진 듯한 아내는 이게 유달리 마음에 들었는지 자동판매기에서 파는 먹이 봉지를 세 차례나 샀다) 주변을 빙빙 돌고, 오며가며 마주치는 부모 자식 일행을 향한 아내의 시선에서 나도 모르게 지금까지와 다른 면을 찾기도 하면서 공원을 나왔을 때에는 저녁 무렵이 되어 있었다.

도어가 잠긴 대합실(이유는 알 수 없지만 버스가 올 때까지 건물 밖으로 나갈 수 없는 시스템으로 되어 있다) 벤치에 아내와 나란히 앉아 창밖 — 정비된 도로와 푸른 나무들, 게다가 여전히 금방이라도 비가 내릴 듯한 끄무레한 하늘 — 을 무심코 보고 있는데 문득 내 자신이 지금 이곳에 와 있다는 사실이 믿어지지 않았다.

오늘 아침에 일어났을 때는 도쿄에 있었다. 게다가 20주 전까지만 해도 아내는 임신하지 않았다.

장인 장모의 기뻐하는 모습은 객관적으로 보아 가슴이 아플 정도이고(아니, 객관적으로 보아선 안 되는 건가), 이래서는 실제로 태어났을 때 어떤 야단법석이 펼쳐질는지 불안해지지 않을 수 없다(나 자신의 부모와 누나에게는 아직 알리지 않았다. 결혼했을 때와 마찬가지로 실제로 태어나고 나서 주소 이전 통지문 같은 느낌으로 알리면 될 것 같다). 또한 그 야단법석은 갓난아이가 태어나는 한 형태를 바꿔 가며 계속되는 것이다. 혹은 부모가 살아 있는 한. 그런 장기간의 야단법석을 내 자신이 이겨 낼 수 있을 것 같지는 않지만 이 여행에 동의한 것도 포함해 어찌 된 일인지 나는 착착 그 방향으로 나아가고 있다.

버스와 페리를 갈아타고 시내로 돌아가면 아내의 세 번째 희망인 포장마차로 몰려갈 예정이다. 아내의 사전 조사에 따르면 최근엔 라면뿐만 아니라 프랑스요리를 파는 포장마차 같은 것도 있는 모양이다.

＊ ＊ ＊

　맛은 조금 부족하고 무엇보다 한 접시의 양이 너무 많다고 미도리는 생각했지만 그래도 마음은 들떠 있었다. 다니는 뇌신경외과병원 근처에 있는 데다 내내 궁금하던 중화요리점 — 붉은색과 금색 실로 수놓아진 '福' 자가 거꾸로 문 앞에 붙어 있는 것이 귀여워 보인 — 에 용기를 내어 들어와 본 것이다. 친구들 간의 모임이라든가 관혼상제 때라든가 지금까지도 남편 없이 외식을 한 적은 물론 있지만 혼자는 처음이었다.

　병원 옆 조제 약국을 나온 때가 다섯 시 반이고 아직 날이 밝아서, 라는 것이 미도리의 머릿속에 떠오른 단 한 가지 핑계거리이고, 그 외에 어째서 오늘 갑자기 그 일을 감행했는지는 미도리 자신도 설명하기 어렵다. 다만 막상 해 보니 전혀 어려운 일은 아니었다. 거꾸로 福자와 분위기가 비슷한 장식품이 벽 여기저기에 걸려 있는 가게 안은 좁고, 부부로 보이는 초로의 남녀가 하얀 조리복 차림으로 일하고 있었는데 미도리를 보더니 "어서 오세요." 하고 나란히 무표정하게 말했다.

　테이블에는 지금 작은 병맥주와 물만두와 청경채 볶음이 차려져 있다. 두 종류의 메뉴(탁상형 플라스틱 케이스에 든 것과, 손글씨로 작성한 종이를 철해 놓은 파일)를 음미하며 고르고, 골랐을 때에는 나중에 볶음밥도 주문할 생각이었다. 그런데 가격으로 미루어 짐작했던 것보다 훨씬 양이 많아서 미도리는 볶음밥을 단념하고 물만두와 청경채 볶음에 집중하기로 한다. 난생 처음 혼자서 외식을 하다 보니 이번 것은 반드시 다 먹고 제대로 해냈다는 기분을 맛보고 싶었다.

남편에게는 중간에 배가 고파서 먹고 와 버렸다고 말할 생각이었다. 거짓은 아니고, 이전부터 이 가게가 궁금했던 거며 갑자기 혼자서 들어가 보고 싶어진 것에 대해선 설명할 자신이 없기 때문이다. 하지만 애초에 누군가에게 모든 것을 설명하기란 불가능하다고 미도리는 생각한다. 그렇게 생각하는 것은 쓸쓸했지만, 그렇게 생각해야 비로소 용납되는 일이 있고 미도리는 그것을 아버지의 죽음으로 통감했다.

가와이 준이치의 가게에 갔던 날, 미도리는 자신들 가족의 입장과 감정을 그에게(혹은 누구라도 좋으니 누군가에게) 이해받고 싶은 줄로만 알았는데 실은 그렇지 않았다고, 그때 달콤한 탄산수를 마시면서 깨달았다. 그게 아니라 미도리는 단지 용서하고 싶었다, 아버지의 일도 자신의 일도. 그 탄산수에는 무슨 시럽이 들어 있다고 했더라. 물어봐 놓고 잊어버렸다.

큰 접시에 수북이 담긴 청경채 볶음과 어린아이 주먹만한 물만두 다섯 개를 다 먹었다. 조금 부족한 맛이라고 여겼던 것을 세상 진지하게 먹다니 어이가 없다고 속으로 쓴웃음을 지었지만 기분은 나쁘지 않았다. 열어 놓은 출입문 너머로 보이는 바깥 공기는 아직 밤의 빛깔은 아니고, 서둘러 가면 남편보다 빨리 집에 들어갈 수 있겠다고 미도리는 생각한다. 식재료는 이것저것 사서 냉장고에 넣어 두었으니 그때부터라도 뭔가 1인분만 후다닥(셰퍼드 파이라든가 사천풍 카레 같은 게 아니라면) 만들 수 있으리라.

*

여성 포토그래퍼 중에 취미로 악기를 연주하는 사람이 많은 이유가 뭘까라는 이야기를 간지와 츠토무가 나누고 있는 옆에서, 즐거웠다고 치사코는 생각한다. 즐거웠고, 좋은 인생이었다고. 전쟁 중에 태어났는데도 부모님 덕에 비교적 느긋하게 — 물질적인 고생은 당연하다고 여기면서 — 자랄 수 있었고, 선량한 남자와 결혼했다. 평생 계속할 만한 일에도 종사했고 친구 복도 있었다(물론 강아지 복도). 아이를 낳은 것도 좋았다. 함께 살던 무렵의 로코는 많은 기쁨을 안겨 주었다. 그것은 인정하지 않을 수 없다. 맞벌이였지만 남편이 집에서 일을 했기에 당시에 일컬어지던 '열쇠아이'라기보다 부자父子가정에 가까웠는지도 모른다. 엄마가 일하러 밖에 나가는 것이 지금처럼 일반적이진 않은 시절이었다. 외롭게 만들었는지도 모르지만, 치사코에게는 그 일로 딸에게 (혹은 죽은 남편에게) 사과할 생각은 전혀 없다. 아내로서든 엄마로서든 할 수 있는 만큼은 했다. 스스로도 가끔 놀라지만 치사코에게는 손주도 둘이나 있다. 보지 않고 살아도 치사코와 남편의 피를 이어받은 자손임에는 틀림없고, 그 아이들은 앞으로도 살아 줄 것이니 훌륭하다고 치사코는 생각한다. 내 인생은 성공적이었다고.

지난 주, 마지막 한 가지 일로서 예적금 총액의 절반을 동물 애호 단체에 기부하는 절차를 마쳤다. 염원했던 일이다. 아마 남편도 찬성해 주었을 터이다. 절차의 번잡함과 은행원의 융통성 없음을 떠올리면 지금도 화가 나지만, 그렇게 따지면 세상의 시스템 전체가 이미 한참 전부터 치사코로서는 감당하기 어렵게 되어 있다.

"치사코짱, 그 누구더라, 왜 있잖아, 여성 사진가로 옛날에 한 번 공부 모임에도 데려온 적 있는."

츠토무가 답답한 듯이 묻고,

"그것만으론 몰라."

하고 치사코가 대답한다.

"얼마만큼 옛날이야기인데?"

공부 모임에는 정말 많은 사람이 와 주었다. 사진가도 화가도 작가도, 누군가의 친구에, 친구의 친구라는 사람까지.

"내가 아직 편집부에 있던 무렵."

"아주 옛날은 아니네. 벤짱이 회사를 그만둔 해가 언제지?"

"1970년."

츠토무가 곧바로 대답한다.

"그러니까 그보다 전에, 장정인가 머릿그림에 사진을 쓰게 되면서 알게 된 사람인데, 뭐, 이름은 됐어. 여하튼 그 여성 사진가를 무역 회사 할 때 딱 마주친 거야, 신주쿠 술집에서."

"누구 책의 장정인가 머릿그림인데?"

간지가 질문을 끼워 넣었지만 츠토무는 기억나지 않는다고 대답했다.

"그때만 해도 얼마든지 술이 들어갈 때라서 당연하다는 듯이 2차를 가기로 되었는데, 내가 데리고 있던 젊은 녀석들도 같이 그녀의 단골집으로 갔어. 그랬는데 거기가 살사 바더란 말이지, 모두 럼인가 뭔가를 마시면서 열광적으로 춤을 추는 거야. 일본인보다 외국인이 더 많은 가게로 어둡고 복작거리고 떠들썩하고 향수 냄새 진동하고. 그녀는 아무튼 살사를 좋아하고, 춤뿐만 아니라 밴드를 조직해서 연주도 한다고 했어. 콩가인지 봉고인지 잊었지만."

"벤짱도 쳤어?"

치사코가 묻고,

"그야 쳤지, 이 몸이 썩어도 준치이다 보니, 누가 권하면 거절하지 않아."

하고 츠토무가 대답했을 때 살사와는 딴판의 피아노 소리가 흐르기 시작한다. 세 번째 스테이지가 시작되기 전에 방으로 물러가려던 간지는 일어설 타이밍을 놓친 것을 깨닫는다. 이곳은 12시에 문을 닫는다고 들었는데 간지는 여기서 ― 라기보다 살아서 ― 해를 넘길 생각은 없었다. 새해를 축하하는 건 그 해를 살아갈 사람들이어야 한다.

"슬슬 잘까."

그래서 그렇게 말해 보았다. 츠토무도 치사코도 입을 딱 다물었으나 조금 지나,

"그러네, 잠 오네."

라고 치사코가 대답하고,

"알겠습니다,"

라고 말한 츠토무는 얼음이 녹아 연해진 미즈와리를 비웠다. 마치 이곳이 단순한 여행지이며 앞으로 각자의 방으로 돌아갔다가 내일 아침이면 다시 얼굴을 마주할 수 있기라도 하다는 듯한 대화였지만, 그렇지는 않다는 것을 셋 다 알고 있었다.

웨이터를 불러 계산을 부탁한다. 간지는 자신이 (물론 방에 달아 두진 않고 현금으로) 낼 생각이었지만 치사코가 내겠다며 양보하지 않았기에 맡기기로 한다. 현금인 이상, 누가 내든 마찬가지다.

피아니스트는 경쾌한 리듬으로 맨 오브 더 월드Man Of The World를 연주하고 있다.

*

아들인 다이키가 초등학교에서 집단 따돌림에 가담하고 있는 것 같다고 들었을 때 란즈는 충격을 받은 나머지 순간적으로 사고가 정지되었다. 과장이 아니라 눈앞이 캄캄해지고 숨 쉬는 것도 잊었을 정도다. 알려 준 사람은 아들의 동급생 엄마이자 같은 맨션에 살고 있어서 가끔 같이 장도 보러 가고 점심도 먹는 사이인 마리코 씨다. 그녀는 무척 말하기 어려운 듯 작은 소리로 이야기했다. "뭐, 애들끼리 그러는 거라서."라느니, "다이키 나름의 이유가 있었는지도 모르고."라느니, 란즈의 충격을 누그러뜨릴만한 말을 끼워 넣으면서.

그때 란즈는 마리코 씨가 운전하는 차의 조수석에 앉아 있었다. 이전부터 권유하던 마리코 씨를 따라 그녀가 다니는 요가 교실에 처음으로 체험 참가한 후 돌아오는 길이었다. 요가는 생각 외로 즐겁고(몸이 유연하다고 란즈는 여성 강사에게 칭찬 받았다) 회비도 양심적인 것 같아서 다녀도 좋을지 남편과 상의해 보자고 생각했다. 그 자리에 별안간 폭탄이 쾅 떨어진 것이다. 아니, 폭탄이라기보다 하늘이 무너져 내린 것 같았다고 란즈는 생각한다. 마리코 씨한테서 들은 이야기는 그만큼 란즈에게는 있을 수 없는 일이었다. 그도 그럴 것이 만약 그녀의 이야기가 사실이라면 다이키는 집단 따돌림에 가담한 정도가 아니라 다이키 자체가 주범이랄까 집단 따돌림의 씨앗을 뿌린 것이 되기 때문이다. 이상한 소문을 낸다는 방법으로.

마리코 씨는 딸인 노노카짱에게 몇 주 전부터 이것저것 듣고 있었던 모양이다. 다이키가 이렇게 말을 꺼냈다느니 저렇게 퍼뜨렸다느니, 소문의 당사자인 남자아이가 모두에게 추궁당하고 울었다느니, 무시당하게 되었다느니, 급식 당번 때 그 아이가 나뉘 주는 것을 아무도 받지 않게 되었다느니. 하지만 란즈는 아들 반에 따돌림 당하는 아이가 있다는 것조차 모르고 있었다.

"다이키는 어떤 이야기를 퍼뜨리고 다녔나요?"

란즈가 물어도 마리코 씨는 처음엔 말하고 싶어 하지 않았다. "아이가 생각해 낼 법한 시시한 일이에요."라고 대답하며 얼버무리려 했지만 란즈는 알려 달라며 물고 늘어졌다.

"그 아이 집에선 제대로 손을 씻거나 소독을 하지 않는다느니, 개도 없는데 엄마가 개 사료를 사고 있더라, 아마도 간식이 개 사료일 거다, 라느니."

마리코 씨는 계속해서 말했다.

"그 아이는 3학년이 되도록 엄마랑 같이 자고, 둘 다 잘 때는 발가벗고 잔다느니."

스스로 물었으면서 란즈는 귀를 틀어막고 싶어졌다.

"너무 심해."

분명 어른의 눈으로 보면 시시하지만 그런 소문이 난다는 것이 아이에게 얼마나 견디기 힘든 일일지 상상하는 것만으로도 가슴이 아프다.

"말도 안 돼. 그 녀석 죽여 버릴 테야."

란즈는 그렇게 중얼거리고,

"안 돼, 안 돼. 침착해요. 란즈는 격정적이라서 말하기가 걱정스러웠어. 우선 다이키에게 제대로 전후 사정을 물어보고, 응? 무조건 야단치지 말고."

하고 마리코 씨가 달랬다. 물론 란즈도 그럴 생각이었다. 그럴 생각이었는데 막상 귀가하고 그 후 학교에서 돌아온 다이키가 평소와 다름없이 태연한 것을 보자 화가 폭발했다.

"다이키, 너 무슨 짓을 한 거니?"

세면실에서 시키는 대로 손을 씻고 입을 헹구는 아들의 등을 향해 란즈는 말했다.

"그 아이가 간식으로 뭘 먹고, 어떻게 자는지 네가 알 리 없을 텐데 어째서 그런 소릴 한 거니?"

아들은 대답하지 않았지만 거울 너머로 흘낏 이쪽을 엿보는 것을 란즈는 놓치지 않았다.

"사람의 안색을 살피는 거 아냐!"

화가 치밀어 올라 고함쳤다. 엄마는 화가 나면 억양이 세진다고 맏딸에게 늘 지적받는 터라(예전에 일본어 학교에서는 츠토무 선생님에게 억양은 신경 쓰지 않아도 된다고 배우긴 했어도) 평소에는 될 수 있는 한 신경 써서 공손한 말씨를 쓰려고 유념하고 있는데('시끄러워, 치우지 않은 네가 나빠'라고 말하는 대신 '네가 치우지 않으면 안 되는 거지'라고 말하면 신기하게도 억양이 강조되지 않는다) 지금은 그런 걸 신경 쓸 정신이 아니었다.

"대답해! 어째서 그런 짓을 했어?"

누군가와 싸움을 했다거나 저도 모르게 손이 나가 상처를 입히고 말았다거나 하는 거라면 칭찬받을 일은 아니라 해도 이해는 할 수 있다. 하지만 뒤에서 누군가를 깎아내린다는 건 완전히 다른 이야기다.

"갑자기 입이 붙어 버렸니? 뭐라고 말을 해 봐!"

란즈는 그래도 아직은 조금 기대하는 마음이 있었다. 아들이 부정하거나 적어도 '다이키 나름의 이유'를 말해 줄 거라고 생각했다. 하지만 아들은 거울 너머로 엄마를 — 이번엔 흘낏 살피는 건 아니고 — 가만히 노려보며,

"그럼 사과할게."

라고 말하는 거였다. 란즈는 또다시 하늘이 무너져 내리는 듯한 기분이 든다.

"그럼? 그럼이 무슨 뜻이야."

"그럼, 그럼은 빼고 사과할게. 미안해요. 이제 됐지."

"뭐가 됐어!"

란즈는 곁을 빠져나가려던 아들의 팔을 붙잡았다. 이 아이는

상냥한 아이다. 적어도 란즈 눈에는 그렇게 보였다. 자신도 남편도 잘 키우고 있다고 여기고 있었다.

"엄마한테 사과해도 소용없잖아. 그 아이에게 사과하렴. 그러고 나서 반 아이들한테도."

눈을 보고 타일렀으나 다이키의 대답은,

"싫어."

였다.

"기분 나쁜 녀석인걸. 자업자득이야."

란즈는 말문이 막혔다.

* * *

신학기가 시작되고 한 달 간은 황망하리만치 여러 가지 일이 잇달아 일어나는 데다 생각대로 과제도 소화하지 못해 스트레스였다고 하즈키는 생각한다. 자기 방을 청소하는 것조차 여의치 않아서 방 여기저기에 먼지가 뭉텅이로 굴러다닌다. 1층 벽장에서 청소기를 꺼내 온 하즈키는 그것을 작동시키기 전에 바닥에 쌓여 있는 책을 전부 침대 위로 옮겼다. 그렇게 하고 나서야 먼저 시트를 벗겨 내 세탁기에 넣어야 했다고 깨닫는다. 하지만 다시 옮기기는 귀찮아서 일단 그대로 청소기 스위치를 켰다.

이번 달 들어 일어난 황망했던 일의 내역으로는 우선 집주인이 넘어져 허벅지 뼈가 부러졌다. 워낙에 다부진 그녀는 스스로 구급차를 불러 병원으로 옮겨졌는데 친척이 모두 멀리 살고 있어서 하즈키가 근친자로 지명받았다. 수술에 이어 입원이 계속되고 재활에 대한 설명과 동의가 이루어지는 나날들 속에서 하즈키는 병실에 파자마와 속옷을 가져가고, 추리 소설이며 화장 도구 외에 집주인이 희망하는 것을 무엇이든 가져가고, 집주인의 아들이며 포커 친구들에게 연락하고, 집주인과 함께 의사의 설명을 들었다. 골절 자체는 생명에 영향을 주진 않더라도 고령의 환자의 경우는 체력 저하로 인해 앞으로 생활하는 데 지장이 올 수 있고 인지 능력에 영향을 미칠 가능성도 있다는 말을 들었을 때에는 불안감에 마음이 혼란스러웠고, 런던에서 문병 온 아들이 채 일주일도 안 돼 돌아가 버렸을 때에는 어쩐지 납득이 가지 않았다. 하지만 집주인은 무사히 하루하루 회복되어 가는 중이고, 하즈키가 보기엔 인지 능력에도 문제가 없어 보이는 데다 지금은 병실에서 포커를 즐기고 있다.

두 번째는 외국인 유학생 상담 파트너라는 일이 더없이 혼란스럽다는 것이다. 여름 방학에 일시 귀국한 이후 덴마크로 돌아올 수 없게 된 학생과, 돌아왔어도 수업이 온라인으로 진행되는 것에 불만을 가진 학생 한 사람 한 사람에게 납득이 가는 설명을 하기란 어렵다. 상담 자체도 온라인으로 이루어지다 보니 해외면 시차가 있어서 약속을 조정하는 것만으로도 성가시고 때로는 부득이하게 밤중이나 이른 아침에 이야기하는 처지가 되고 만다.

절대 귀국하지 않겠다던 인도인 유학생 아나브가 돌아가 버린 것도 이 가을의 쓸쓸한 일 중 하나였다. 집에서 막내인 아나브는 부모님 나이가 '할아버지, 할머니뻘'이라며 걱정이 돼서 돌아가기로 했다고 깔끔하게 보고해 주었다(집주인 아들에게 들려주고 싶었지만, 그런 이야기를 하자면 자신에게도 같은 불똥이 튈 터이니 하즈키로서는 저마다 나름의 사정이 있는 거라고 생각하는 수밖에 없었다).

세 번째는 가장 당황스러운 일인데 학부생 시절에 잠깐 사귄—사귀었다고 봐야 하는지 알 수 없지만 적어도 몇 번 같이 잤던, 지금은 아버지가 경영하는 산업 로봇 부품 공장에서 일하는—매츠가 어찌 된 영문인지 다시 빈번하게 연락을 주었다. 처음엔 문자 메시지로 "살아 있어?"라는 연락이 오고, 다음은 전화로 "저녁 식사라도 어때?"가 되었다. 딱히 가슴 설레는 권유는 아니었지만 옛날 생각도 나고 거리에 사람이 줄어 허전하기도 해서 하즈키는 응했다. 그 후 집주인의 입원 소동이 있고 병원에 짐을 가져갈 때 몇 번인가 그의 차를 얻어 탔다. 지금도 서로 연락을 주고받고 저녁을 같이 먹을 때도 있는데 이 상태가 뭘 의미하는 것인지 하즈키로서는 잘 모르겠다. 특히 의문인 것은 매일 밤 잠들기 전에 전화 통화를 한다는 것인데 서로 하루 동안의 일을 이야기하고 잘 자라고 말하며 끊는다. 하즈키 생각에 그런 건 연인 사이에 하는 일이지 싶고, 하지만 자신과 매츠가 그런 사이인 듯한 기분은 전혀 들지 않는다. 앞으로 그렇게 되어 갈 것을 자신이 바라고 있는 것 같지도 않은데 잠들기 전의 전화 통화만 습관이 되어 버렸다(전화는 대개 매츠가 걸어 오는데 어쩌다 전화가 걸려 오지 않는 날이 있으면 궁금해서 그만 기다려지고, 기다리는 상태가 싫어서 하즈키가 먼저 걸어 버릴 때도 있다). 습관이란 게 무섭다고 하즈키는 생각한다.

청소기를 다 돌리고 책 더미를 침대에서 바닥으로 다시 옮긴다. 방구석에 놓아둔 골판지 상자에 시선이 머물고 하즈키는 저도 모르게 미소 짓는다. 할아버지가 보낸 책이 든 그 상자는 뚜껑이 닫혀 있고 하즈키 위치에서는 안이 하나도 보이지 않지만 'M 사이즈 양파'라고 인쇄된 상자의 주변 공기만 확실히 일본이었기 때문이다.

침대에서 시트와 베개 커버를 벗겨 내어 1층으로 갖고 내려가 세탁기에 밀어 넣는다. 바깥이 맑고 아직 오후 이른 시간이라는 것이 기뻤다. 세탁기가 자동으로 건조까지 해 주기 때문에 시간도 날씨도 상관없지만 세탁은 맑은 낮 시간에 해야 한다는 정서가 하즈키에게는 있다. 이제부터 슈퍼마켓에서 과립 머스터드(집 주인의 요청)를 사 가지고 병원에 갈 예정이다. 과립 머스터드는 이미 두 차례 차입했는데 소비량이 엄청나서(그녀가 말하길 그것 없이 병원 밥을 위장에 넣는 일은 불가능하다고) 금세 비어 버린다.

* * *

그랬다, 하고 로코는 돌이켜 생각한다. 첫 상대와 잠자리를 갖는 것은 이리도 신선한 일이었다. 아마도 긴장했지 싶다. 호텔방에 들어서자마자 입술을 밀어붙여 왔을 때에는 이런 경우의 올바른 반응(이라는 것이 만약 있다면)을 생각해 내지 못한 채 난감하여 젊은 아가씨처럼 키득키득 웃고 말았다. 하지만 이미 젊은 아가씨는 아니어서 그 후에는 우선 상대의 셔츠를 벗기고 자신의 옷도 솔선하여 벗었다. 입술을 떼지 않고 그것들을 하려니(특히 청바지를 벗으려니) 우스꽝스러운 스텝을 밟는 꼴이 되고 서로 비틀거릴 때마다 상대의 등을 받쳐 주어야 하지만, 로코는 자신의 몸이 지극히 자연스럽게 그 과정을 기억해 낸 것에 만족한다. 그리고 침대에 쓰러졌을 때의 해방감과 자유. 이곳에 있는 것은 자신과 상대의 육체뿐이고 그것 외에는 아무도 아무것도 존재하지 않는다. 어찌 보면 몹시 조심스럽게, 하지만 서로의 관대한 양해 아래 탐험하는 미지의 육체를 로코는 천천히 음미했다. 또 해 버렸다는 씁쓸한 기분이 가슴을 스치지 않은 건 아니었지만, 오래전의 자신과는 달리 오늘 밤 일에 쾌락 이상의 의미가 없다는 것을 지금의 로코는 알고 있다. 저녁은 셋이서 먹으러 갔다. 작년에 직장을 떠난 여성과, 그녀 대신 들어온 다카노 유키야와. 그전까지 반도체 제조 회사에 근무했다는 다카노가 어째서 40대 중반 나이에 갑자기 스포츠 클럽으로 이직했는지, 그건 의문이지만 주방 스태프로서 우수하고 누구 앞에서도 딱 부러지게 말하는 점이 로코는 마음에 들었다.

지금 그 다카노는 냉장고에서 꺼낸(엄밀히 말하면 구입한) 캔 맥주를 마시고 있다. 벌거벗은 채 침대 헤드 보드에 상체를 기대고서.

"샤워하고 올게."

로코가 그렇게 말한 후 나이에 비해 새치가 많은 머리에 입을 맞추자,

"문제없죠?"

하고 다카노가 물었다. 샤워 이야기는 아님을 알고 로코는 보증했다.

"전혀 문제없어."

한창 행위 중에 "이렇게 될 줄 알았어." 하는 속삭임에 "알고 있었어." 하고 로코는 대답했는데 지금 주고받은 말은 요컨대 그 대화의 계속이다. 우리는 괜찮다. 지금까지 해 온 대로이고, 그래서 아무 문제도 없다.

젊지 않은 인간에게는 두 종류가 있다. 언제부터인가 로코는 그렇게 생각하게 되었다. 타인과의 사이에는 무슨 일이 일어날지 알 수 없다고 여기는 인간과, 타인과의 사이에는 아무 일도 일어날 리 없다고 여기는 인간. 같은 장소에 있어도 전자끼리는 바로 알아본다. 그렇다고 해서 달라지는 건 아무것도 없고 그저 가끔 이렇게 그 사실을 서로 확인할 뿐이지만―.

화장 도구는 갖고 있지 않아서 재빠르게 샤워만 한다. 낯선 욕실은 어중간하게 넓고 밝다.

방으로 돌아오자 다카노는 잠이 들어 있었다. 로코가 몸단장을 다 마치도록 깨지 않아서 말을 걸어본다.

"나는 돌아갈 건데, 자고 갈 거야?"

연장 요금이 들겠지만 쫓겨나진 않겠지.

"아니, 갑니다."

하지만 다카노는 그렇게 말했다.

"기다려요. 지금 바로 옷 갈아입을 테니."

라고 졸린 듯이.

로코는 침대에 걸터앉아 기다렸다. 커다란 통근용 토트백의 손잡이 부분에 달아 놓은 철사 세공 강아지가 손에 닿는다. 어쩐지 마음에 들어서 어머니 유품 가운데서 딱 하나 곁에 남겨 둔 것이다.

"전철, 아직 시간 여유 있네."

청바지에 다리를 넣으면서 다카노가 말했다.

*

바 라운지를 나와 엘리베이터 홀을 향해 걸으며 시게모리 츠토무는 자신의 몸이 묘하게 가볍다고 느꼈다. 취한 느낌은 아니고, 겨우 그 정도 술에 자신이 취할 리도 없다 싶었지만, 뭐, 몸이 데워질 정도로는 마셨으리라.

화장실과 흡연실 앞을 지나치자 그곳은 소파와 테이블이 몇 개 놓인 아주 자그마한 로비처럼 되어 있었다. 바의 떠들썩함도 피아노 소리도 여기까지는 닿지 않는다. 어쩐지 현실감이 없네, 하고 츠토무는 생각한다. 무인에 무음의 응접세트는 가구라기보다 모형 같아서 공간 그 자체가 어딘가 부자연스러워 보인다. 한쪽 벽이 통유리로 되어 있어 시야에 다 들어오지 않을 만큼 넓은 야경이 펼쳐져 있는 것도 비현실감을 부각시켰다. 그런데 치사코가 그 야경에 빨려 들어가는 듯이 유리에 다가간다. 가지런히 짧게 자른 백발, 빨간 스웨터에 검정 스커트, 피부색보다 살짝 갈색기가 도는 스타킹에 감싸인 다리 끝에는 투박한 검정 로퍼. 옛날부터 잘 아는 여자의 뒷모습에 츠토무는 저도 모르게 감탄한다. 움직임이 날렵하고 뭐랄까 우아했기 때문이다. 할머니가 되어도 자세가 좋은 인간이 있기 마련이라고 생각한다.

"봐 봐, 예뻐."

마치 뒤에 서 있는 두 남자에게는 창밖이 보이지 않는다는 양 치사코가 말했다.

"예쁘지, 도쿄."

라고도. 도쿄뿐만 아니라 지바도 가나가와도 보일 테고, 뭐든 주관적으로 보는 것은 당신의 나쁜 버릇이야. 츠토무는 그리 생각했지만 입 밖에 내지는 않았다. 이제 와서 새삼 버릇을 고친들 무슨 소용이 있을 것이며 사실 그리 나쁜 버릇도 아니었는지 모른다. 버릇이란 결국 개성이고, 그렇다면 자신은 치사코의 그것을 아마도 좋아했던 것이리라.

유리에 달라붙듯이 서 있는 치사코를 츠토무도 간지도 말없이 기다렸다. 자신과 마찬가지로 소파에 앉지도 않고 하릴없이 서 있는 간지를 보고 츠토무는 문득 납득이 갔다. 현실감이 없는 건 이 공간이 아니라 자신들이다. 야경도 응접세트도 흔들림 없이 이곳에 있고, 내일도 모레도 그 후로도 계속 (적어도 당분간은) 있다.

"미안합니다, 오래 기다리셨습니다."

저녁 무렵 나타났을 때와 같은 잰걸음으로 치사코가 돌아온다.

"촐랑촐랑 촐랑촐랑 당신은 잘도 움직이네, 옛날부터."

뭔가 말하지 않으면 어색한 기분이 들어서 츠토무는 질색하는 듯한 목소리를 내 보았다.

시노다 간지는 자신이 참으로 침착한 것 같다는 것에 희미한 슬픔을 느낀다. 공포든 망설임이든 자신을 이 세상에 붙들어 두려는 무언가가 아마도 마지막까지 있지 않을까 싶었는데 그런 건 없다. 하지만 기분은 나쁘지 않았다. 실제로 요 몇 년 새 없었을 만큼 몸도 의식도 일치되게 맑고, 그토록 시달리던 피로감도 없고, 상황을 고려하면 우스꽝스럽다고밖에 말할 도리가 없지만 지금 같아선 웬만한 일은 다 할 수 있을 것만 같다. 복용하던 약을 끊은 탓인지도 모른다. 암로딘이라든지 레놀민이라든지, 아목산이라든지 플라빅스라든지. 날이면 날마다 아침저녁으로 계속 복용하여 이미 간지 인생의 일부가 되어 있던 그 약들을 자신은 이제 두 번 다시 먹을 필요가 없는 것이다. 기분 탓인지 시각까지 아주 맑다. 눈이 좋았던 어린 시절에는 어쩌면 이랬는지도 모르겠다 싶을 만큼 사물의 색이며 형태가 선명하게 보여 재미있다고 간지는 생각한다. 눈앞에 열린 엘리베이터의 좁고 네모난 공간의 벽이며 바닥이며 층수 버튼이며, 오랜 두 친구의 표정이며 의복이며 피부의 지친 상태며—. 마약으로 인해 감각이 고조되면 세상이 선명해 보인다고 들은 적이 있는데(간지에게 그것을 가르쳐 준 사람은 60년대에 활약한 일러스트레이터로 위법한 문화에 밝은 데다 본인도 제법 깊이 빠져들어 있었다) 위법 약 없이(라기보다 합법한 약조차 끊고) 같은 효과가 난다면 싸게 먹히는 거라고 생각하며 간지는 쓴웃음을 짓는다.

"지금까지 말한 적 없었는데."

츠토무가 갑자기 입을 열었다.

"나는 두 사람에게 감사해요. 아니, 이번 일뿐만 아니라 내내 당신들 같은 사람과 같은 시대를 살 수 있어서 다행이라고 생각해요."

"그만해."

치사코가 딱 잘라 말한다.

"숙연해지잖아. 그런 말 굳이 안 해도 알아."

간지도 완전히 같은 의견이었다.

"이제 곧 새해네."

목소리를 밝게 하여 치사코가 말했다.

"어떤 해가 될까."

간지는 딸과 아들의 얼굴을 떠올린다. 각각의 배우자와 제법 좋은 아이로 자랐다고 여기는 손녀의 얼굴도. 지금쯤 저마다의 장소에서 새해를 맞을 준비를 하고 있겠지. 그리고 아직 얼마 동안은 이 세상을 살아가리라.

문이 열리고, 세 사람은 자신들의 방을 향해 객실 플로어를 걸어간다. 이제 곧 끝난다고 간지는 생각하고, 호텔이라니 오랜만이네, 라고 츠토무는 생각했다. 그리고 치사코는 두 남성을 번갈아 바라보며 두 사람 다 말쑥하다고 또다시 생각했다.

　　새해 새날을 앞둔 섣달 그믐날 밤, 여든 살이 넘은 세 남녀가 호텔 방에서 함께 목숨을 끊었다. 그것도 엽총 자살이라는 충격적인 방법으로─.

　　이 세 사람에게 대체 무슨 일이 있었던 것인지, 무슨 연유로 그날 그 장소에서 자살하기에 이르렀는지, 사건 자체에 대한 의문이 폭발적으로 치솟지만 이야기는 당장 떠오르는 궁금증을 파헤치는 것에 중점을 두기보다 남겨진 사람들의 일상을 그려 내는 데에 보다 많은 페이지를 할애하고 있습니다. 우선 세 노인이 과거를 추억하며 보내는 마지막 시간, 그리고 남은 유족 및 다양한 경로로 고인들과 인연을 맺었던 관련자들의 일상이 번갈아 등장하면서 이야기는 진행되어 갑니다.

아들, 딸, 손녀, 손자, 옛 동료, 부하 직원, 제자 등 개개인의 기억하는 방식에 따라 고인들의 인생도 다각도로 떠오르고, 남은 이들은 가눌 수 없는 슬픔과 원망, 자책, 감사, 그 외 온갖 감정들이 휘몰아치는 가운데 역시 저마다의 방식대로 현실을 마주하고 자신의 삶을 돌아보기도 하면서 조금씩 원래의 일상을 되찾아 갑니다. 한바탕 폭풍이 몰아치고 난 후의 상태처럼 체념과도 같은 먹먹함과 그리움을 간직한 채. 그 과정 중에 새로운 만남도 생겨나고 소원했던 관계가 회복되기도 하고, 치유와 납득의 과정을 거쳐 안정을 찾아가는 이들의 모습에서 낯설지 않은 우리네 모습을 보게 됩니다.

'애초에 누군가에게 모든 것을 설명하기란 불가능하다고 미도리는 생각한다. 그렇게 생각하는 것은 쓸쓸했지만, 그렇게 생각해야 비로소 용납되는 일이 있고 미도리는 그것을 아버지의 죽음으로 통감했다.'

결국 죽음은 어디까지나 개인적인 것이며 아무리 가까운 사이라도 모든 것을 알 수는 없다는 것, 따라서 하나의 죽음을 받아들이는 방식도 저마다 다를 수밖에 없다는 것을 새삼 일깨워

줍니다.

한편 이야기의 중심축 역할을 하는 세 노인을 비롯하여 워낙 다양한 인물들의 에피소드가 뒤섞이다 보니 언뜻 전체상을 파악하기가 어려울 수 있는데 이럴 때 도움 되는 것이 인물 관계도이지 싶습니다. 각기 다른 성향을 지닌 캐릭터들의 심상과 행동이 변화되어 가는 과정을 좀 더 재미나게 감상하기 위해서라도 세 노인을 주축으로 한 인물 관계도를 그려 가며 읽어 나가시길 권합니다.

'갖고 싶은 것도, 가고 싶은 곳도, 보고 싶은 사람도, 이곳엔 이제 하나도 없어.'

더없이 쓸쓸하고 공허한 이 말 속에 묘한 해방감이 엿보이는 이유를 조금은 알 것 같습니다. 현실 속에서 벌어졌다면 그저 세상 떠들썩한 참극으로 치달았을 사건임에도, 함께한 과거를 추억하면서 마지막 순간을 담담히 맞이하는 세 노인의 모습을 빌려 우리가 겪어 온 혹은 맞이할 수많은 상실과 종언을 작가는 이야기하고 있는 것이지요.

소설 속에서도 다루고 있지만, 죽음이라는 단어가 일상적으로 회자될 만큼 전 세계를 공포로 몰아넣은 코로나 바이러스 사태는 3년이 지나도록 끝날 줄 모르고 지금껏 많은 이의 일상을 위협하고 있습니다. 오로지 생존이 목표였던 시기도 있었고 살아남은 이들 중 일부는 여전히 고통스러운 후유증에 시달리고 있는 것 또한 사실입니다. 너나없이 지치고 우울한 상황 중에 다시 한번 힘을 내자고 주문을 걸어 봅니다. 세상을 바꿔 나가는 일은 떠나간 이가 아니라 앞으로 계속해서 살아갈 이들의 몫이기에.

2022년 유난히 매미 소리 요란한 여름날에

신유희